海空陸
RIKU MISORA
繪者 WON
落第騎士
英雄
12

間章　第一皇女的決心

時間回到法米利昂軍與奎多蘭軍交戰前一小時。

法米利昂陸軍才剛剛開始在卡爾迪亞市布陣。

法米利昂皇國第一皇女——露娜艾絲・法米利昂在黑鐵一輝與〈黑騎士〉艾莉絲・阿斯卡里德的護送下抵達醫院後，她在病床上聽聞本次事件的前因後果——〈傀儡王〉歐爾・格爾對奎多蘭軍施展魔法，驅使全軍入侵法米利昂，並得知父親——席琉斯・法米利昂做出何種應對。

他決定幫助受到操控的友邦奎多蘭，出動法米利昂軍，並要求所有士兵裝備警方鎮暴用的裝備。

她聽完父親的決定——

「你說什麼!?」

震驚地開口追問。

「此話當真!?」

「是的！席琉斯王果然英明，在下從未如此自豪自己身為法米利昂人。」

「……」

負責傳令的年輕士兵如男孩般雙眼發亮，引以為傲地說道。

露娜艾絲心想，這個決定的確符合父親的作風。

法米利昂與奎多蘭攜手跨越歷史造成的隔閡，一路走到今天。現在正是奎多蘭最需要法米利昂的時候，法米利昂怎麼能在這種危急時刻袖手旁觀，一味地自保？

自己的父親做不出如此冷酷又自私的決定。

這是父親生而為王的節操。

但是——露娜艾絲仍能肯定。

父親鑄下了大錯。

奎多蘭與法米利昂的兵力並無太大差異。

我方只要堅守主場，哪怕裝備再粗劣，也能使戰局陷入膠著狀態。

而且現在〈黑騎士〉就待在法米利昂。

她可能早就向聯盟總部通報，要求聯盟於緊急時刻介入支援。

鄰近聯盟加盟國派出的援軍應該再過不久就會抵達法米利昂。

援軍無論在人數、水準上，都明顯超越奎多蘭。

順利的話，**或許可以**從〈傀儡王〉手中拯救奎多蘭。

——但這一切都是自我中心的妄想，席琉斯的設想未免太過樂觀。

首先，援軍不可能立即行動。

法米利昂今天恐怕必須獨自堅守戰局一整天。

而士兵手上僅有毫無殺傷力的警察裝備。

假如士兵們只有面對遭到控制的奎多蘭軍，倒還有幾分轉圜的餘地。

——然而敵人不只有奎多蘭軍。那名惡魔就隱身在約翰等人背後。

〈傀儡王〉歐爾・格爾。

這名敵人擁有令人生畏的能力，轉眼就將奎多蘭玩弄於手掌心中。

他或許還有其他同伴。

眾多士兵已經沒有像樣的攻擊手段，一旦對上這些傢伙——肯定會造成龐大的犧牲。

數千人——不、甚至是數萬人。無數人民將會失去兒子、失去父親、失去丈夫。

假如敵軍內部存在與史黛菈同級別的伐刀者(Blazer)，戰況更是糟糕無比。

這場衝突必定會演變成大規模戰鬥，甚至波及普通國民。

（母后為什麼沒有阻止父王……!?）

父親與史黛菈都是優秀的戰士。

也因此，兩人的思維太過偏向武人。

這份特質是兩人特有的領袖魅力，本身並非壞事，但是——

他們千不該萬不該，就是不能以武人思維領導國家。

政治追求的並非**取得最豐盛的戰果**，而是**將損失降到最低**。

前述的做法——**或許**真能同時拯救法米利昂與奎多蘭。

但他們絕不能依賴那微乎其微的期待。

（捨棄私情，配備最強火力進行防衛戰。這才是現下最適當的選擇。）

因為他們身為皇室成員，背負著人民的生命。

他們是為了守護人民的性命而存在。

（——必須阻止他們。）

自己原本就負責準備這次奎多蘭與法米利昂之間的戰事。

她有責任處理這個狀況。

但是，她該怎麼做？

歐爾・格爾方才面對一行人時，顯然對史黛菈心存不軌。露娜艾絲無法理解敵人的企圖是出自何種情感，但只要他一天執著於史黛菈，就不可能迴避這場戰爭。

而奎多蘭軍遭到操控的真相早已傳遍法米利昂全軍，如今再將裝備改為普通武器，全面進行抗戰，也無濟於事。

一切都無法挽回——

（…………不、等等。）

露娜艾絲思索到一半，她聰穎的頭腦導出了解答。

現狀的確是無法阻止戰爭發生。

但是——有辦法制止**這場衝突**。

（戰況再繼續演變下去，聯盟可能會率領大軍強行以武力介入戰爭。）

歐爾．格爾已經發現〈黑騎士〉。

而歐爾．格爾等人並不樂見聯盟介入。

歐爾．格爾一行人再怎麼強悍，也強不過二分天下的龐大組織。

他們直接與〈聯盟〉起衝突未免太不利。

倒不如說，他們的勝算無限趨近於零。

〈聯盟〉一定會徹底殲滅敵軍。

那就還有交涉的機會。

（**只要按照一開始的計畫，採取聯盟條約中的戰爭體制，就能防止聯盟強行介入**。就以這個理由說服他們。）

將戰爭壓縮到小規模的代表戰就能賺取足夠時間，讓國民逃亡到國外。

這麼一來，士兵們就不需要冒險以粗劣的武裝面對敵人。

萬一法米利昂不幸戰敗，仍然能保護人民。

……然而，法米利昂捨棄人數優勢的選項，將會大幅度降低勝算，同時奎多蘭獲救的可能性也岌岌可危……

『約翰，你放心！要是你到時候一個人撐不過來，我一定會幫你一把！』

約翰小時候曾經對露娜艾絲說喪氣話，擔心自己當不好國王。露娜艾絲回想起兒時對約翰說過的話，臉上滿是苦澀，低聲道歉。

（對不起…………）

這份約定、這份友情……根本不能與她背負的重責大任相提並論。

自己現在只能採取唯一的行動。

露娜艾絲銘記在心，並從床上起身。

「啊、露娜艾絲殿下，您還不能亂動……」

「幫我通報院長，請他盡速準備直升機。」

「咦!?您、您的意思是──」

「這是第一皇女下達的諭令，現在立刻前往奎多蘭。」

露娜艾絲打斷年輕士兵，語氣堅決地下令，不容對方拒絕。

第十章 皇族的職責

「「咦……!?」」

歐爾．格爾的「絲線」操縱著奎多蘭軍與法米利昂士兵對峙中。

然而，法米利昂士兵眼前的威脅突然發生變化。

「怎麼了?奎多蘭軍突然一動也不動?」

沒錯，奎多蘭士兵的行動戛然而止，應聲倒地。

就如同斷了線的人偶。

而且是所有奎多蘭士兵。

法米利昂士兵臉上滿是困惑。他們還沒破壞完中繼站，到底發生什麼事?

其中——

「那是……」

實力較高的〈黑騎士〉艾莉絲．阿斯卡里德與〈七星劍王〉黑鐵一輝同時察覺，**敵人**正從西邊遠處的天空飛來。

「歐爾・格爾……還有露娜艾絲小姐!?」

——另一方面，〈紅蓮皇女〉史黛菈・法米利昂在空中緊盯兩人，同時也看見下方戰場劇變。

（究竟是怎麼一回事？）

『法米利昂以聯盟加盟國身分，正式接受奎多蘭新政權的宣戰聲明。按照聯盟公約，雙方不動用軍隊交戰，而是從現有國家戰力中選拔出五名〈魔法騎士〉舉行代表戰，以結果決定戰爭勝負。法米利昂與奎多蘭一切遵照聯盟公約，行使合法的戰爭權力。因此兩國政府決議——兩國斷然否決〈國際魔法騎士聯盟〉在法米利昂與奎多蘭兩國領地內介入處理任何緊急狀況。』

露娜艾絲突然與歐爾・格爾一同現身，並做出上述發言。

史黛菈的頭腦完全追不上這番宣示與下方的戰況。

所以——

「露娜姊，妳到底在說什麼？為什麼要拒絕聯盟插手！」

她將問題拋向應該解答的那個人。

究竟發生了什麼事？

露娜艾絲為什麼會和歐爾・格爾待在一起？

史黛菈一股腦吐出所有疑問。

然而開口回答的人——卻是那名乘坐黃金戰馬、翱翔天際的奎多蘭新任國王——約翰・克里斯多夫・馮・柯布蘭德。

他露出親切又柔和的表情，對史黛菈說道：

「史黛菈，就是字面上的意思呀。奎多蘭拋開舊政府愚昧之下簽訂的密約，決心對法米利昂宣戰，奪回失去的國土與驕傲。而露娜艾絲以席琉斯王授予的權限接下宣戰書。由於**諸多誤解與誤報**，兩國軍隊不幸發生衝突。但就在剛才，露娜艾絲小姐親自到訪奎多蘭，兩國終於達成協議，決定採取條約規定的戰爭形式。因此〈聯盟〉已經沒道理從旁介入——」

「閉嘴！」

史黛菈怒吼一聲，打斷約翰的解釋。

她的雙瞳飽含憤怒，狠狠瞪向約翰身旁，那名站在半空中的白髮少年——〈傀儡王〉歐爾・格爾，眼中彷彿要噴出火來。

「不要操縱約翰哥的嘴巴講些不負責任的廢話……！」

史黛菈很清楚，約翰早已落入歐爾・格爾的魔掌之中。

約翰剛才的發言，全都出自歐爾・格爾。

歐爾・格爾把約翰當作腹語術的人偶，讓約翰代替自己說出想說的話。

他的行為等於徹底汙衊一個人的人格。

不可原諒。

歐爾・格爾面對史黛菈的怒火，卻如同挨罵的頑皮孩子，吐了吐舌頭：

「啊哈，妳真不配合呢。這裡還有**聯盟**的眼線，我總得做做樣子吧。」

他厚顏無恥地說，並瞄了地上的寧音一眼。

這男孩似乎是真心想用剛才的藉口防止〈聯盟〉干涉。

史黛菈可以肯定，他的企圖不可能得逞。

這藉口根本破綻百出。

她不需要相信他的強詞奪理。

但是——

「就如他所說。我前往奎多蘭進行談判，要求縮小戰爭規模。對方也答應停止現在所有戰鬥行動，遵從〈聯盟〉條約，以代表戰為兩國長年對立的歷史畫下句點。」

自己的姊姊卻同意歐爾・格爾的說法。

史黛菈已經搞糊塗了。

「為什麼……！〈聯盟〉已經調動一百萬大軍前來支援了啊！」

姊姊莫名其妙的舉動令史黛菈面露焦躁，她出口頂撞。

露娜艾絲見狀，卻十分冷靜、沉穩地——

「一百萬嗎？聽起來真是可靠。這支軍隊如此龐大、人數眾多——似乎會來晚呢。」

「——！」

點出史黛菈漏看的現實。

「在大軍姍姍來遲抵達之前，是誰要負責阻止奎多蘭軍跟這群傢伙？妳應該也能料想到……他們要是在法米利昂軍的所在之處施展那種恐怖的能力，可能會發生什麼慘劇。更別說法米利昂軍現在手上根本沒有像樣的武裝。」

「這……」

史黛菈聞言，臉色頓時發青。

〈沙漠死神(Haboob)〉僅僅一擊便擊碎大地。

奎多蘭士兵隨著破碎的街道摔入地面之中。

這名〈伐刀者〉的實力如此驚人，假如他拿出全力搗亂，絕對免不了悲劇發生。

她能輕易想像那個場面。

「維護尊嚴沒有錯，但我們不是神，不可能拯救一切。不要搞錯先後順序了。我們必須優先守護人民。我們身為皇室成員，有義務將人民的生命擺在第一。若是按照一開始的計畫作戰，我們至少還有一個星期的緩衝時間，可以趁這段時間讓人民逃往國外，以策安全。這麼一來——即便法米利昂亡國，還是能保護眾多人民的性命。」

「唔……」

即便法米利昂亡國。

史黛菈聽著姊姊的話語，不禁感覺背脊一陣冰冷。

這番話中蘊藏多麼沉重的決心。

露娜艾絲考量到法米利昂皇室滅亡的可能性。

她將最壞的結局納入思考之中，思索出守護「人民」的方法，並且實際執行。

打倒歐爾．格爾，同時拯救法米利昂與奎多蘭。

她不仰賴如此渺小的希望，一切行動皆以人民為重。

那怕一死，她也會堅守皇室的榮耀，履行職責保護國民。

「——————」

原來如此，這的確是皇室成員最佳的選擇。

毫無反駁的餘地。

史黛菈只能沉默不語。

緊接著——

「其實那些事本來就跟我們沒關係啦。」

歐爾．格爾對史黛菈繼續說：

「不過呢……我們也沒想到聯盟的行動會這麼迅速。好不容易能和史黛菈好好玩一玩，讓那群傢伙來攪和可就一點都不好玩了。我們也不是打不過那些傢伙，只是懶得一隻一隻拍死眼前亂飛的蒼蠅……換句話說，殿下的提議也對我們有益處，所以我才答應了。這樣妳明白了嗎？」

「…………………」

雙方從各自的角度提出解釋。

史黛菈聽完，也明白這個提議對雙方都有利。

但是——

（怎麼回事、總覺得……有點詭異……）

兩人的解釋合情合理，卻讓她**感覺非常噁心**。

腦袋能夠理解，情感上無法接受。

她似乎遺漏了什麼很重要的事？

就在此時——

「小混蛋，少給我自作主張……！」

史黛菈以焰火雙翼飛舞在空中，漆黑陣風忽然從旁呼嘯而過。

那是——

「〈沙漠死神〉……！」

一頭亂髮、渾身黑衣的男人。

以最強傭兵之名聞名世界的〈伐刀者〉。

〈沙漠死神〉納西姆・薩利姆。

納西姆搭著砂礫風暴飛向空中，焦躁激憤的怒吼隨著左拳，猛地砸向歐爾・格爾。

歐爾・格爾以四周的絲線結界——〈蜘蛛之巢〉纏住納西姆的拳頭，避免攻擊直接命中。但這點把戲無法阻止最強傭兵。

納西姆以纏著絲線的左手強行扯開歐爾・格爾的〈蜘蛛之巢〉，右手伸進結界中。

他一把揪起歐爾・格爾的大衣衣襟。

「老子才剛起了興致……居然給我潑冷水！小心我先宰了你啊，〈傀儡王（臭小鬼）〉！」

「啊哈，真激動呢。你還挺中意〈夜叉姬〉的嘛。」

那雙眼睛滿是血絲，眼中只存在濃厚的殺意。

納西姆不是在開玩笑。

他們原本就是各自為政，一盤散沙，沒有把彼此當成同夥。

歐爾・格爾只要說錯一句話，納西姆一定會狠咬他一口。

歐爾・格爾對此卻不慌不忙，仍然擺出難以捉摸的態度：

「那不然，就只認同現在待在法米利昂國內的〈聯盟〉成員加入戰爭，你覺得如何？」

——提出這份提案。

「……!?」

「我們自己都更改原本的代表名單，把我或你加進名單裡，當然也要同意法米利昂更換代表選手，不然就不公平了嘛。而且你只要參加正式的代表戰，就不用擔心聯盟插手，可以盡情享受與〈夜叉姬〉之間的戰鬥。這一點應該還不賴吧？」

「…………」

納西姆聞言，身上的殺氣稍減。

肥美的上等獵物就在眼前，他當然不希望有人從旁攪局，光想就令人不悅。

不過——

（果然有什麼不對勁……）

歐爾・格爾的這番話，讓史黛菈心中那股難以言喻的噁心頓時遽增。

露娜艾絲提出了對雙方有利的代表戰。

歐爾・格爾則是認同且配合她的決定。

這個狀況實在詭異至極。

自己究竟漏看了什麼？

史黛菈苦苦思索著。歐爾・格爾不顧史黛菈的反應：

「〈夜叉姬〉本來就是要來這個國家和我們打仗，應該沒意見吧？」

他的視線飄向史黛菈身後，繼續討論這個話題。

史黛菈順著對方的視線看去，只見〈夜叉姬〉西京寧音操縱重力浮在空中，出現在史黛菈身後。

她面露苦笑，彷彿聽見難笑的笑話。

「……反正你就是打死堅持自己是**遵循聯盟規定發起戰爭**。不過就我們看來，光是有罪犯待在奎多蘭，我們就有充分的理由強制介入啦。」

「那到時候也不能怪我們出手自保。奎多蘭人還待在一旁呢，一旦開打，我們可顧不上他們了喔。」

「拿國民當肉盾嗎？」

「隨便妳怎麼解釋。」

也只能這麼解釋吧。寧音暗自怒罵。

換句話說，歐爾．格爾挾持奎多蘭人民，要脅〈聯盟〉配合這場鬧劇。

寧音沉默片刻，低聲問道：

「在聯盟的條約之下，這場戰爭不僅不能波及普通國民，還禁止政府任意壓迫該國國民……既然你們想假裝服從規則，自然會遵守這個規定吧？」

這個問題是確認在〈聯盟〉不出手的前提之下，是否能保障奎多蘭國民的人身安全。

歐爾．格爾聞言：

「當然囉。」

他隨即答道，接著朝上輕輕拉起右手腕。

納西姆擊碎地面造成地層大下陷，奎多蘭軍跟著覆沒。但下一秒，歐爾．格爾忽然接二連三從乾燥的沙地中撈出奎多蘭士兵。

歐爾．格爾以絲線救出被地面吞沒的士兵們。

他以這個舉動——

「這樣妳願意相信我嗎？」

詢問寧音的意思。

寧音毫不隱藏自己的厭惡，答道：

「鬼才會相信你們這些渾球。」

「啊哈，果然行不通啊。」

「不過……妾身明白了，就陪你們演上一場戲。妾身會去幫忙說服〈宰相〉小弟。」

「擁有力量者必須保護弱小」，這是〈聯盟〉存在的宗旨。

對他們而言，沒有任何事物比民眾的性命更重要。

現在奎多蘭國民已經落入歐爾．格爾等人手中。先不提他們的話究竟有幾分可信度，既然他們願意保障人民的安全，有總比沒有好。

寧音以〈聯盟〉騎士的身分做出判斷。

「不愧是〈夜叉姬〉，果然明事理。幸好是妳率先跑來突襲呢。」

歐爾．格爾開心地拍了拍手，接著拜託納西姆：

「就是這麼回事。可以麻煩你先退下嗎？」

「呿……」

改變做法確實對自己有利，但他終究是被歐爾．格爾擺了一道。納西姆滿心不悅，仍將身體化為沙子，隨風飛散，就這樣消失在空中。

他似乎先一步回到奎多蘭。

歐爾·格爾目送納西姆離去後——

「事情已經定案了，可以請妳一起撤退嗎？〈惡之華(Dirty Rose)〉。」

他使用「絲線」，將撤退指令傳達給另一名同夥——〈惡之華〉艾茵。她不久前前往遠方的法米利昂皇宮展開突襲。

〈惡之華〉正與〈紅蓮狂獅〉席琉斯·法米利昂，以及追殺自己而來的妹妹——〈不轉〉多良幽衣對峙中。她聽見指示——

「呵呵，也罷，我也正巧碰上了點小驚喜呢。今天姑且就先行告辭，之後會擇日再來拜訪。」

語畢，她甩動手中冒出的玫瑰荊棘，擊碎一旁的窗戶與牆壁。

艾茵轉過身，身體前傾打算離去。

多多良幽衣朝著她的背影——

「妳想溜嗎？」

她出言挑釁——〈惡之華〉卻回過頭，表情滿是濃濃諷意：

「妳想追，我當然奉陪。不過妳剛才出手解救席琉斯王，親手浪費千載難逢的好機會。如果妳認為自己現在還有勝算，儘管追過來吧。」

「…………」

多多良聞言，不禁語塞。

多多良接受過〈闇獄之家(Abgrund)〉的殺手訓練，她全身上下的細胞都十分清楚，〈惡之華〉所言屬實，不容置疑。

於是——

「那麼，就請各位多多保重了。」

〈惡之華〉趁著對方沉默，從大開的牆洞飛身跳向天空。

多多良隨後衝向大洞旁。只見她的姊姊抓著巨大蒲公英絨毛，朝著北方天空逐漸遠去。

◆◇◆◇◆

『那麼殿下，您決定好代表成員後再聯絡我吧。啊，但妳要遵守約定讓史黛菈參賽喔。這可是賭上兩國命運的戰鬥，沒有皇室成員參賽未免太難看。更何況，我一直很期待史黛菈出賽，不要剝奪我的樂趣喔。』

〈傀儡王〉歐爾·格爾釋放了露娜艾絲，對她說完這番話後，率領未受傷的士兵退回奎多蘭。

在這之後，駐紮在卡爾迪亞的法米利昂全軍開始為傷者處理傷勢。

對象不只是法米利昂的士兵，也包括負傷、遭棄置的奎多蘭士兵。

由於席琉斯下令全軍使用不帶殺傷力的武器，奎多蘭士兵並未出現太多重傷傷兵。但多數士兵遭到歐爾・格爾的伐刀絕技（Noble Arts）——〈提線人偶（Marionette）〉操縱後似乎留下後遺症，士兵們意識模糊不清，幾乎沒有人能夠自行行走。

現在必須等待後方支援部隊的車輛抵達後，才能全軍撤離。

黑鐵一輝趁著等待的時間，四處尋找自己的女友。

她心愛的祖國……發生真正的戰爭。

一輝擔心史黛菈的安危，更憂心她親臨戰場後的心靈變化。

「——找到了。」

鮮紅髮絲是那樣的顯眼。

他立刻就在荒蕪的戰場上找到了她。

「史黛菈……」

史黛菈和露娜艾絲站在一起，遠遠望著眾人進行撤退工作。一輝出聲呼喚她。

史黛菈猛地回過頭，一見到一輝的模樣，她便露出安心的表情。

「一輝，太好了。你的傷……看起來不太嚴重呢。」

「嗯，阿斯卡里德小姐又幫我治好了。」

「〈無敵甲冑（Orichalcos）〉——真厲害，不愧是世界前四強的〈黑騎士〉。我要好好向她道謝……阿斯卡里德在哪裡？」

「她現在在治療其他重傷患者。」

「是嗎？那可不能去打擾她呢。」

〈黑騎士〉艾莉絲·阿斯卡里德——她是〈傀儡王〉歐爾·格爾的血親，同時也是隸屬於〈聯盟〉的騎士。她察覺〈傀儡王〉的企圖，一開始就緊密監視法米利昂周遭。阿斯卡里德能夠操縱〈不屈〉的概念。

這股能力轉化為防禦力極高的鎧甲型靈裝——〈無敵甲冑〉。堅硬的鎧甲在保護身體時，還能賦予裝備對象強大的治癒能力。

其治癒力甚至遠遠超越〈iPS再生囊〉，可以瞬間復原所有外傷。

法米利昂有她在場，幾乎可說是上天保佑。

史黛菈閉上雙眼，像是在感謝上天厚愛，接著再次看向一輝：

「我也要謝謝一輝。」

她淡淡一笑，低頭道謝。

「堤兒他們跟我說了。你們那邊也碰上麻煩，多虧一輝挺身而出，才將駐紮在中央大道上的部隊傷害減到最低。」

一輝一聽，神情卻陰沉了起來。

「不、保住部隊的人不是我……全都要感謝阿斯卡里德小姐。多虧她出手幫忙，不然我可能也沒命了。」

「但你還是拚死為法米利昂盡心盡力，這一點是不會變的。」

所以，謝謝你。史黛菈衷心向一輝道謝：

「不只是一輝，大家都拚了命在戰鬥，拚盡全力阻止敵人。」

她抬起頭，凝視著遠方。

卡爾迪亞市早已面目全非，化為荒蕪。

街道上坐滿受傷的眾多士兵。

她火紅的雙眸蘊藏著深深的謝意、自豪，以及——

「即便大家耗盡全力……還是……還是死了八十三個人！」

猶如鮮血一般，滿懷哀慟的淚珠。

「史黛菈……」

「假如露娜姊沒有臨機應變，還會死更多人！敵人會殺掉更多國民！都是我太弱了！是我保護不了他們……！要是我能成為世界第一強大的騎士！要是我能比那些混蛋更強，才不會讓他們就這樣送命!!!!」

「史黛菈，並不是——」

「就是這麼回事!!!」

史黛菈哭喊著，使勁拍向自己的胸膛，質問一輝：

「一輝你說說看，我是什麼人!?我是法米利昂皇國第二皇女，史黛菈・法米利昂啊！這具身軀、這把劍全是為了守護法米利昂的人民、為了保護法米利昂的所有家人而存在！是我自己立下了志願！我下了決心，才全心鍛鍊到今天！而我也認為自已變強了！我自認碰上任何威脅都能親手保護大家！結果卻是這片慘況！」

什麼〈紅蓮皇女〉。

世界第一的魔力又有何用？

「我……**我只能在原地怕得發抖!!**」

數萬人規模的大軍衝突之下只出現八十三名死者，已經算得上傷亡極少。

但問題根本不在死傷人數多寡。

她保護不了八十三個人。

因此毀壞了八十三個家庭。

理想與現實的反差不斷苛責著史黛菈。

「我不能一直這麼弱……要變得更強、更強……！至少要能和那些傢伙同歸於盡！不然我手中的這把劍、這條性命就沒有任何意義了……！」

「…………史黛菈……」

史黛菈緊抱著自己，指尖劃破潔白的手臂。一輝見狀，咬緊牙根。

不祥的預感成真了。

不久前，月影讓他們見到那片絕望的未來慘象時，史黛菈也曾有同樣的反應。

她背負著國家、背負人民的性命。她的責任感如此強烈，一定會責備自己。

她苛責自己的無力。

史黛菈現在的心理狀態十分不佳。

更別說她現在對於超脫因果之外的〈魔人〉（Desperado）略知皮毛——

（……太危險了。）

她搞不好會勉強自己，甚至冒死進行訓練。

然而，這類過量訓練（Overwork）通常會造成反效果。

只是無意義地傷害自己，百害而無一利。

必須盡快安撫她，不然等出事就晚了。

一輝很清楚。

但是……他實在不忍心對現在的史黛菈說出這種風涼話。

（……她怎麼可能冷靜得下來？）

史黛菈的家人死在他人手上。

而且是死於不合理的暴力，死得毫無道理。

她怎麼可能有辦法壓抑這股憤怒、這股憎恨。

更何況，史黛菈是皇室成員。

她的身上背負著重責大任。一輝只是個普通人，無法想像那責任的重量。

他沒辦法真正幫她分攤這份重量。

自己究竟該對現在的史黛菈說些什麼？

（可惡……）

一輝沒辦法為史黛菈做些什麼，只能眼睜睜看著她自責。

有自己在，沒問題的。

他竟然連這種安慰的話都無法肯定地說出來，實在不甘心到極點。

有生以來第一次經歷真正的戰爭。

不只是史黛菈，一輝也在戰場上確切感受到自己的不足。

「……對不起，我太激動了。我不該對一輝抱怨這種事。」

經過短暫卻沉重的靜默後，史黛菈向一輝道了歉。

一輝搖了搖頭：

「沒關係。我從未擔起別人的生命，沒辦法體會史黛菈現在的痛苦。所以……我想聽史黛菈宣洩，分攤妳感受到的責任與傷痛。」

他說著，將手帕遞給史黛菈。

他不勸諫史黛菈冷靜，僅僅是陪伴在她身旁。

一輝是真心珍惜史黛菈，明白她的痛苦，才以這種方式安慰她。

「……謝謝。」

史黛菈恢復些許笑容，用一輝的手帕擦去淚水。

就在此時。

「露娜——！史黛菈——!!」

上空傳來兩人熟悉的渾厚嗓音。

兩人向上望去，只見史黛菈的父親——席琉斯・法米利昂率領撤退部隊，搭乘直升機趕到卡爾迪亞市。

◆◇◆◇◆

席琉斯不等直升機著陸，直接從五公尺高的空中跳下，衝向兩名女兒身邊。

「妳們兩個沒事吧!?有沒有受傷!?」

史黛菈和露娜艾絲點頭回應。

「我們沒事。這邊的死傷……與戰鬥規模相比算是偏少。倒是父王那裡呢?聽說有人趁我們不在的時候偷襲皇宮，母后他們沒事吧？」

「沒事，幸虧出現一個意外幫手，我們這裡沒有人受重傷。孤躺過〈再生囊〉之後也已經像這樣活蹦亂跳。媽媽已經著手收拾善後……現在應該已經收拾得差不多了。」

「幫手？」

史黛菈一臉疑惑，她想不到會是誰出手。

席琉斯沒有回答史黛菈，「先不說這個！」他的語氣夾雜怒氣：

「露娜!妳怎麼會獨自跑去奎多蘭談判！太亂來了！萬一出事了該怎麼辦！」

席琉斯斥責露娜艾絲。她居然沒有帶半個護衛，一個人跑去奎多蘭會見歐爾・格爾。

露娜艾絲毫無懼色，凜然地回答：

「只要雙方按照當初的規劃採取代表戰形式，對方就能防止〈聯盟〉支援，我們也可以爭取時間讓人民避難。將戰鬥縮減至最小規模，對雙方都有利。我只是認為還有談判空間，才會採取行動。我才想問您在想什麼啊，父王。您知道法米利昂軍繼續用那種破爛裝備作戰，會犧牲多少士兵？」

「唔……但是我們只要再撐一會兒，〈聯盟〉的援軍就會……」

「守護我國國民是皇室成員的職責。我們不應該為了幫助邦交國追求最大的戰果，而是將我國的犧牲減至最低。除此之外別無選擇。說到底，要不是父王一開始胡亂下令，要求士兵配備警用裝備作戰，我也不需要冒險前往奎多蘭……真是的，母后到底在做什麼？」

「可、可是啊……」

席琉斯下令開戰，拯救友邦奎多蘭。

露娜艾絲則是將我國國民的安全優先於奎多蘭。

尊嚴與生命。

雙方都十分重要，難以割捨。

兩人的判斷都沒有錯。

只是就結果來看，露娜艾絲大膽進行交涉，從納西姆一干破格強大的伐刀者手中保護了法米利昂士兵的性命。

因此兩人在爭論中，是席琉斯占下風。

不過，史黛菈在一旁觀看兩人爭執——

（……怎麼回事？我還是覺得好詭異。）

她心中再次浮現這個想法。

露娜艾絲的主張合情合理，就彷彿是一面已經完成的拼圖，完美無缺。然而仔細觀察卻會發現，這面拼圖是將不合的碎片強行拼湊在一起……疑點重重。

「史黛菈，妳看起來一臉難以接受呢。」

「！」

心頭的疑惑令史黛菈湊緊眉頭。〈夜叉姬〉西京寧音不知何時出現在史黛菈身後，向她說道：

「不過妳的直覺是對的。」

「寧音老師……！妳說的意思是!?」

「就好像是美元不能在日本使用，日圓不能在美國流通……想跟惡魔交易就得動用『惡魔的金幣』呀。」

「那是、什麼意思？」

「那群瘋子只因為無聊就掀起戰爭取樂，區區『利益』說得動他們才有鬼。」

「……!!」

史黛菈聽寧音指出這一點，感覺心中那股如黑霧般盤旋的疑問，頓時有了明確的形體。

一切正如寧音所說。

史黛菈曾親眼目睹。

歐爾・格爾渾身都散發出毫無規律的惡意。

他擺出對史黛菈・法米利昂的執著，但也只是口頭說說。

那個男孩的惡意並沒有特定目標。

〈黑騎士〉艾莉絲・阿斯卡里德曾經說過。

他單純是閒得發慌的時候找到一個有趣的玩具，隨手拿來取樂。

他的動機不過如此。

對象可以是任何人。

可以是任何事物。

他只是單純、純粹地喜歡傷害、破壞周遭的人事物。

他異於常人，採取的行動完全脫離常識。

純潔無瑕的邪惡。

事到如今，這名惡魔怎麼可能為了利益而行動？

史黛菈不認為歐爾・格爾會有所動搖。

實際上，〈沙漠死神〉一威脅歐爾・格爾，他就爽快同意寧音等人參戰。

他主動放棄手中的優勢。

——只因為他覺得無所謂。

然而，歐爾・格爾卻答應露娜艾絲的協商內容。

也就是說——

「公主殿下，妳到底**付出了什麼**去收買那個小惡魔？」

露娜艾絲肯定支付了那名惡魔願意接受的**代價**。

寧音的推理——確實命中核心。

露娜艾絲的確付出某種代價。

那名惡魔對常識中的任何事物都不屑一顧。而露娜艾絲亮出「惡魔的金幣」，說動了他。

……露娜艾絲想必終生難忘。

當自己提出那份代價，歐爾・格爾露出多麼欣喜若狂的表情。

他充血的雙眼中，飽含多麼殘酷的愉悅。

她將這份沉重的代價擺上談判桌，換取休戰。

只為了讓戰火盡快遠離國民。

但是——

「……我只是盡力達成法米利昂第一皇女的職責。」

露娜艾絲迴避寧音的質問。

她緊閉雙脣，將一切深深鎖在心盒之中。

其他人不需要知道真相。

史黛菈了解露娜艾絲，看穿其中壯烈的決心。

「露娜姊……」

她同時明白了。

再繼續逼問姊姊，也無法強行打開她的雙唇。

這份決心也傳達給寧音。

寧音誇張地聳了聳嬌小的肩頭。

「算了，隨便。再繼續追究已經過去的事也沒轍。再說，無法動用〈聯盟〉援軍雖然麻煩，但也不只有壞處。現狀變得相當簡單，總之只要贏得代表戰，一切就平安落幕。那就樂觀點去面對吧。」

她說完，再次詢問露娜艾絲：

「妾身先確認一下，說什麼『為兩國長年對立的歷史劃下句點』，聽起來賭注應該不只油田權利這麼點東西吧？」

◆◇◆◇◆

寧音將話題轉向如何解決眼前的麻煩。

露娜艾絲則是回以肯定。

「最後一個名額當然是孤的。孤是這個國家的國王，更是這個國家的騎士啊。」

至今保持沉默的席琉斯忽然自告奮勇。

這場戰爭可是國家大事。

他展現父親的威嚴，表示不能將事情全推給女兒們。

不過，寧音聽完──

「才不要咧。」

她狠毒地一口駁回。

「為、為什麼!?」

「說得直接點，你這根本是平白奉送一個勝績給敵人嘛。那還不如直接少一個人出場。改成多人混戰之後就更不會看上你啦。連自己都保不住了還想參戰，只會給別人添麻煩。」

「這、這位老師講話真的是很直接呀!?」

席琉斯被人這麼赤裸裸地貼上「非戰力」的標籤，登時大受打擊。

寧音當然能說得更婉轉，但她並沒有說錯。

然而說到底──

「──這些話，其實也能套在史黛菈身上呢。」

「…………」

史黛菈見寧音突然將話鋒帶到自己身上，神情頓時變得險峻。

「如果只是〈B・B〉、〈黃金風暴〉這種等級，倒還好說。好死不死，歐爾・格爾盯上史黛菈，妳一定會跟那傢伙碰頭。而且……現在的史黛菈一旦對上那個垃圾，大概過不了三分鐘就會死在對方手上吧。」

「…………」

「不回話嗎？那是不是代表妳自己也有某種程度的自知之明呢？」

史黛菈緊咬雙唇，點了點頭。

「……嗯，當然有。」

史黛菈肯定道，並吐露了一切。

從一行人在奎多蘭遭到偷襲，到方才為止的所有紛紛擾擾。

〈傀儡王〉與〈沙漠死神〉散發的存在感，都令她感受到自己的「死亡」。

自己所行進的命運前方，即將迎來終結。

這份絕望，就彷彿在窺視命運盡頭的深淵。

「這就是〈魔人〉啊。」

「沒錯……而這場戰爭必須對上世界上屈指可數的〈魔人〉。這群惡魔憑藉自己的意志與力量毀壞世界的因果，貫徹自我。我們就是要去宰掉這些惡魔。對現在的史黛菈來說……負擔有點太大了呢。妳不論是經驗、實力，各方面都和那些傢伙差太遠了。所以史黛菈在這場戰爭中，只要專心保護自己就行了。妾身會負起責任，在代表戰之前把史黛菈訓練到至少能自保的程度。不過，特訓內容可是會非～常嚴格呢。」

寧音說著，伸出手，打算拍拍史黛菈的肩膀。

——但在她碰到史黛菈的肩膀之前，史黛菈回答她：

「寧音老師，請容我婉拒您的好意。」

她表示明確的否決。

「……妳說婉拒是什麼意思呢？史黛菈。」

「我剛才也說過了。我就是法米利昂之劍，我的一切，至今經歷的所有鍛鍊、所有戰鬥，全都是為了守護法米利昂的人民。變強之後卻只能在法米利昂的敵人面前四處逃竄，對我來說毫無意義。那等於我根本沒有變強，我寧可不要這種強大……！我只需要能從那些傢伙手中保護法米利昂的實力……！」

「我能體會妳的心情，但只有想法改變不了現狀……史黛菈，妳算過今天自己差點死在他們手上幾次嗎？妳該不會這麼自大，以為自己是靠著實力才活下來吧？」

寧音嚴厲地質問。史黛菈微微點了點頭：

「我知道。我很清楚短短一週不可能彌補我和那些傢伙之間的差距。我也明白，即使寧音老師為我做了特訓，我頂多只能達到自保的程度。可是——我還知道一個人，那個人或許能將不可能化為可能。」

史黛菈說完——視線移向北方的地平線。

「幸好法米利昂就在北歐。**她**的住處——〈劍峰〉愛德貝格近在眼前。」

「史黛菈，妳該不會是……」

愛德貝格。

這座山脈聳立於波羅的海三國之一——愛沙尼亞境內，標高九千公尺以上，為世界最高峰。

在這個世界上……只有一個人住在那座山峰上。

史黛菈點頭回應一輝的驚呼——

她語氣堅決，彷彿在鼓舞自己：

「我要去挑戰她。挑戰那名我認知之中最強的劍士——〈比翼〉愛德懷斯。」

◆◇◆◇◆

法米利昂與奎多蘭發生大規模衝突過後，當天晚上。

眾人撤退返回首都弗雷雅維格之後，史黛菈不願浪費任何一秒，還沒喘口氣就直接搭上噴射機，飛向愛沙尼亞。

席琉斯目送飛機的光芒逐漸遠去——

「老師啊，史黛菈……真的沒問題嗎……」

他站在寧音身旁，不安地低聲問道。

寧音聳聳肩，答道：

「誰知道呢？妾身當老師的時候是非常溫柔的喔。但學生不聽勸自找麻煩，妾身也沒辦法為她的小命負責呢。」

「唔、唔唔……」

「不過別擔心啦。艾莉絲小妹、黑鐵小弟都跟去了，〈比翼〉也不會隨隨便便拿出真本事，她應該還能保住一條命。〈比翼〉十之八九只會隨手應付個幾下就結束。她最後只會浪費時間，一無所獲，灰頭土臉地跑回來。」

只靠寧音的「特訓」，不可能在一週之內彌補史黛菈與那幫〈魔人〉的差距。

那還不如投身於自己所知範圍內最嚴苛的生死關頭，激發自身的潛能。

史黛菈焦急之下導出的想法絕不算錯。

人總是必須經歷生死一瞬間，能力才能突飛猛進。

任何經驗都比不上真正的戰鬥。

但前提是〈比翼〉願意幫史黛菈一把。

從〈比翼〉的角度來看，史黛菈的苦衷跟她無關。

她沒道理幫史黛菈緩解焦慮。

更何況……

「就算史黛菈夠幸運，在愛德貝格見到了〈比翼〉，憑她的實力可能**完全無法接近對方**呢。」

寧音自己在史黛菈打算輕率地攻擊〈沙漠死神〉時，曾用同樣的方式阻止史黛菈。

她還沒真正體會到〈魔人〉的恐怖之處。

她不知道其真正的特質。

「也、也就是說，史黛菈這一趟根本是浪費時間嗎!?」

「大概、幾乎會變成那樣吧。實際上會是什麼狀況就不知道了。」

「那、那老師可以再強硬點阻止她呀，為什麼不這麼做!?既然只是徒勞無功，何必讓她冒險跑去挑戰世界最強的劍士!?」

寧音心想，席琉斯的抗議確實合情合理。

實際上，只要寧音有那個意思，她當然能強行阻止史黛菈。

但是寧音並未這麼做。她只要求黑鐵一輝與艾莉絲·阿斯卡里德陪同護衛，就允許她前去進行這場莽撞的挑戰。

為什麼？

真要說原因——

「大概是因為——妾身也很期待呢。」

寧音回想著。

——我寧可不要這種強大……！

史黛菈這麼說，駁回了自己的建議。

當時的她，渾身不斷顫抖。

她觸及〈魔人的領域〉，親身體驗敵我的實力差距，打從內心膽怯著。

這也難免。

史黛菈的強大確實是真材實料。

她面對〈傀儡王〉、〈沙漠死神〉，應該徹底感受過自己的「死亡」。

而她將要再次對付這群敵人。

這行為就好比是不綁安全繩，直接跳下深淵。

她雙腳發抖、膽顫心驚，靈魂發出哀號——

即便如此，史黛菈卻不打算逃跑。

鮮紅雙眸中的勇氣之火仍未熄滅。

她的模樣……與以前求教於自己的她重疊在一起。

當時的她綻放出高潔的實力之花，而且成果遠遠超越自己的預想。

她或許能像那時一樣——

「妾身本來就不認為史黛菈比黑鐵小弟弱多少。嚴格來說，妾身比較偏向史黛菈這一邊呢，所以妾身想試著相信她一次。史黛菈她呀……或許會像之前一樣，輕易跳脫妾身渺小的想像，超越自己的極限，變得更強大呢。」

寧音說著，露出淡淡苦笑。

自己這次的判斷也太感情用事了。

勝算低到不能再低。

但自己還是丟出了籌碼。

事已至此——

「哎呀，這位爸爸，你就放心吧。就算她真的白費力氣跑回來，這次可是多人混戰呢。妾身會一肩擔下所有麻煩事，保護好史黛菈還有這個國家。」

——她必須負起責任。

寧音做好最壞的打算，向席琉斯問道：

「所以咧，直升機已經準備好了吧？」

「呃、當然準備好了。孤已經讓人備好前往卡爾迪亞的直升機，就在直升機停機坪裡。可是您真的要在那種地方獨自調整狀態嗎？老師是為了法米利昂而戰，要準備多少訓練設施都沒問題——」

「反正全都會毀得一團亂，妾身心領啦。」

「嗄？」

對手可是世上寥寥無幾的〈魔人〉。

尤其是世界最強的傭兵——〈沙漠死神〉，這傢伙實力之高，甚至能抵銷自己的禁技〈霸道天星〉。

寧音與這種級別的高手進行死鬥的經驗，一隻手就數得出來。

她有必要磨練自己直至極限。

但真要這麼做，普通的訓練設施反而太窄、太過脆弱。

她的力量強且猛烈，小小的箱子根本容不下她。

不如一開始就選在空無一物的廢墟或荒野，反而不用顧慮太多。

寧音拒絕席琉斯的幫助，往直升機停機坪邁開步伐。

此時——

「啊、糟了。」

寧音突然想起來，自己忘記叮嚀席琉斯——

「你如果想幫我忙，就麻煩你告訴大家一件事。」

她停下腳步，回頭看像席琉斯，說道：

「接下來一週之內，最好誰都別靠近妾身——就這樣。」

「——！」

寧音只丟下這句話，接著移開視線，走向直升機停機坪。

寧音方才的語氣十分低沉、凝重……冷得令人毛骨悚然。

她收起平時隨興的態度，雙眼隱隱帶著一絲冷酷，殺氣十足。

寧音早已在心中切換了開關。

席琉斯傻站在原地，愣愣地望著她的背影，以及微微搖曳的長髮。

他的神情僵硬，滿是驚駭，額頭沁出汗珠。

是因為〈夜叉姬〉進入戰鬥狀態，那氣勢震懾了他？

這是原因之一。

但是——有其他原因令席琉斯內心一陣寒顫。

（……剛、剛才那是、什麼…………）

是幻覺？抑或是一場惡夢？

他在寧音的頭部瞥見了某種物體。

——那是一對如黑焰般晃動，巨大無比的「雙角」。

第十一章 潔白之巔

波羅的海的危機。

這是發生在距今十五年前的一起重大事件。〈同盟(Union)〉的軸心之一・俄羅斯帝國出兵侵略當時尚未加盟〈聯盟〉的愛沙尼亞，〈聯盟〉基於對〈同盟〉的對抗心理，未獲得愛沙尼亞許可便擅自派兵，差點引發第三次世界大戰。

但是兩軍衝突最終以未遂落幕。原因為何？

因為當時有人一舉殲滅雙方多達三十萬名大軍，而對方只是一名少女。

這名少女身著潔白裝束，在黑暗中隱隱散發光輝，手持對劍，如女武神般蹂躪整座戰場。

〈比翼〉愛德懷斯，她的傳奇故事就此展開。

世界兩大勢力——〈聯盟〉與〈同盟〉自此事件開始，同時對愛德懷斯發布國際通緝令，爭先恐後試圖逮捕〈比翼〉。

但這些企圖在她異次元般的強悍實力面前，完全無用武之地。

不、反倒是引發反效果。

雖說雙方勢力中原本就有不少人反對向愛沙尼亞出兵，組織內部意見並不一致。但世界兩大勢力竟然無法捉拿區區一名罪犯，反而讓她的勇武聲名遠播。

十年時間一飛而逝，愛沙尼亞國內發動大規模政變，政權交替，包含愛沙尼亞在內的波羅的海三小國宣布加入〈聯盟〉。此時發生了一件決定性的事件——愛沙尼亞加盟〈聯盟〉之初，記者詢問愛沙尼亞總統打算如何處理潛藏在國內的〈比翼〉。而愛沙尼亞總統在世界眾人的矚目之下，發表以下宣言：

『我國放棄〈比翼〉躲藏的愛德貝格周遭土地所有權，因此〈比翼〉已經與我國毫無關聯。』

沒錯，堂堂一個國家居然夾著尾巴，只為逃離一名人類。

甚至拋下羞恥心、不顧輿論、放棄國土。

只因為他們對她無計可施。

其劍術能與一國抗衡，其一人可匹敵整個國家。

從那一日起，眾人開始這麼稱呼〈比翼〉：

——世界最強的劍士。

◆◇◆◇◆

卡爾迪亞城鎮戰後的隔天早上。

史黛菈一行人降落在愛沙尼亞的機場。

愛沙尼亞現在已經成為〈國際魔法騎士聯盟加盟國〉，早已透過〈聯盟總部〉掌握法米利昂現狀，以緊急狀況為由免除繁瑣的手續，也事先接到聯繫，為一行人準備出租車輛。他們靠著身分證明順利完成入境手續，搭上汽車。

接著便開車直線前往愛德貝格。

一路上都是由〈黑騎士〉艾莉絲·阿斯卡里德負責駕駛。

她說自己曾經去過愛德貝格，知道路怎麼走。

不過愛沙尼亞平均海拔較低，愛德懷斯的住處——愛德貝格又是異常高聳，愛沙尼亞**全國**都能用肉眼辨認出位置。沒有艾莉絲帶路應該也不會迷路。

汽車奔馳了大約三小時之後，來到一處關卡。鐵柵欄與刺鐵絲網牢牢護住關卡，感覺十分危險。

這裡就是——**國境**。

愛沙尼亞為了避免與愛德懷斯起爭執，放棄了整片地區。這片地區就在前方。

換句話說，前方就是屬於愛德懷斯的國度。

愛德貝格幾乎是近在咫尺。

一行人在關卡快速辦完出境手續，加緊腳步前往目的地。

而在路上——

「話說回來，沒想到居然是妳救了父王他們啊。」

史黛菈向一起坐在後座的黑髮少女搭話。她就是擁有〈不轉殺手〉之名的伐刀者——多多良幽衣，她曾經做為曉學園的一員與一輝等人交手。

「我在皇宮看到妳的時候，嚇了一大跳呢。」

一輝坐在副駕駛座上，也和史黛菈一樣吃驚。

他們離開皇宮時，皇宮遭人襲擊。

又有某人出手阻止這場襲擊。

席琉斯當時只告訴他們這些事……沒想到那個人居然就是她。

聽說那名襲擊皇宮的伐刀者自稱〈惡之華〉，這名殺手背叛了多多良所屬的組織，多多良是為了肅清門戶前來追殺她。

他們沒辦法確認多多良的目的是真是假。

但是她在那時幫助席琉斯等人，對奎多蘭有害無益。

就算不論這件事，她也不太可能是歐爾·格爾那幫人的間諜。

至少她對法米利昂沒有敵意。

既然如此——

「之前跟妳確實有不少過節……但是這次真的多虧有妳幫忙，謝謝。」

史黛菈開口道謝，臉上揚起親切的微笑並伸出手，打算用握手做為雙方友好的證明。

「莎拉、凜奈她們其實人不壞，看來妳也算是好人呢，真意外。」

多多良坐在後座，手肘撐著車窗，口中叼著棒狀巧克力點心。她也向史黛菈伸手：

「哼。」

接著用力拍打史黛菈的手掌，發出「啪！」的一聲。

「好痛!?妳、妳幹麼打人啊!?」

史黛菈忿忿地抗議對方突如其來的暴力。多多良語氣滿載不悅，說道：

「少在那邊裝熟。我跟風祭（那蠢蛋）不一樣，我不是來跟你們扮家家酒、當好朋友。我是以專業殺手的身分來解決叛徒，只是剛好順手救了妳爸媽。別給我隨便誤會又搖尾巴討摸，我最討厭妳這種天真的笨女人啦。」

「什、那妳幹麼要特地跟過來啊!?」

「當然要跟。天下最棒的好戲，莫過於看一個不知死活又衝動的蠢蛋被〈比翼〉痛揍一頓。妳就盡妳所能摔成豬頭，好好逗我笑。我會坐在最前面啃零食笑個過癮！嘻嘻嘻！」

「唔、嗚……」

多多良大笑著，秀了秀手上的紙袋。紙袋裡塞滿法米利昂名產——「邦妮之家」的巧克力。

她勾起嘴角。

眼神滿是惡意。

旁人一眼就看得出來，多多良說的全是真心話。

多多良會與一行人同行，確實是為了欣賞史黛菈敗得一塌糊塗的慘樣。

看來她還十分記恨以前敗給史黛菈的事。

史黛菈氣得漲紅了臉，對副駕駛座上的一輝大吐苦水。

「一、一輝！這傢伙果然討人厭到極點了！我沒辦法跟她好好相處啦！」

「啊、啊哈哈……不、不過她怎麼說也是妳的恩人……而且之後**還要一起並肩作戰**，別撕破臉了。」

一起並肩作戰。

這句話是指他們現在要一起去見〈比翼〉——

——當然不是這個意思。

多多良表示自己的工作是殺死〈惡之華〉，居然以救命之恩為藉口要求阿斯特蕾亞讓自己成為代表選手，以便與歐爾‧格爾率領的奎多蘭代表一戰。而阿斯特蕾亞也同意她加入。

於是經過阿斯特蕾亞判斷，由她占去法米利昂剩下的最後一個代表名額。

也就是說，他們須與曾經敵對的多多良同心協力，一起贏得這場戰爭。

（……只能說世事難料啊。）

當一輝這麼心想的同時——

「到了。」

阿斯卡里德悄聲說道，語氣一如往常地冷淡。同時她停下汽車。

汽車就停在路旁，一行人下了車後，見到一處小農村的入口。

愛沙尼亞宣布放棄領土時，仍然有人不願聽從避難警告，仍然留在這裡生活，建立這座小村落。

一輝再次仰望愛德貝格，不禁讚嘆。

「從遠處看就已經很驚人了，近看更有魄力啊。」

「是啊，雲霧包圍著山頂，看不清楚呢。」

愛德貝格高度超過九千公尺。

這座高山的山頂能輕易突破雲霄。

而且山勢極為險峻且鋒利。

〈劍峰〉。

這座山正如其名，如同利劍一般直衝天際。

「〈比翼〉愛德懷斯就在這座山頂上啊。」

「正確來說，是有可能待在山上……她似乎不太愛一直待在同一個地方，世界各地都有人目擊過她出沒，我自己也是在日本見到她。要見到她可能要視運氣。」

阿斯卡里德聽完一輝的推測——

「那妳運氣很不錯。」

她低語道。

「妳怎麼知道？」

「看那裡。」

史黛菈一問，只見阿斯卡里德指向村裡。

順著她的指尖看去，村裡的景象十分奇特，看起來完全不符合農村平靜的印象。路上的行人大多是體格壯碩的男人，人人手握疑似〈靈裝〉的武器，眼神異常猙獰，瞪視四周。

「……怎麼有這麼多村民全副武裝呀？」

「妳是白痴嗎？哪國的村民會渾身**血味**啊。」

多多良出口糾正，一輝點了點頭。

「是伐刀者，而且看起來都很強。」

「〈比翼〉的名號代表世界最強，到處都有人想砍下她的首級揚名天下。想出名的傢伙自然會緊盯〈比翼〉的動向。所以說這些傢伙聚在這裡，代表〈比翼〉的確在山上。」

「就是這麼回事。」

史黛菈聽完多多良與阿斯卡里德的解說，這才恍然大悟。

「……看來幸運女神還沒放棄我呢。」

她慶幸自己沒有白跑一趟。

既然得知愛德懷斯就在山上，他們就不需要繼續待在山腳浪費時間。

史黛菈伸手拍了拍放鬆的神情，繃緊神經，抬頭仰望愛德貝格——

「那我們快走吧！」

接著邁步走去。

阿斯卡里德看史黛菈打算前進——

「啊、等等——」

正要告訴她什麼——就在此時。

震耳的喇叭聲突然朝著四人後頸襲來。

緊接而來的是——

「喂、屁孩們！不要傻站在路中央擋路啊！」

「蓋爾大哥說得沒錯！給我靠邊、站旁邊去——！」

粗鄙的怒吼。

一行人回頭看去。一名人高馬大的壯漢扛著巨大斬馬刀，率領數十名混混迎面上前。這夥人臉上刺著詭異刺青，梳起龐克頭，還搭乘大肆改裝過的越野車或機車，一字排開占滿整條通道。

看來方才的怒吼就是來自於這群人。

史黛菈面對這群男人——

「路這麼寬，你們不會從旁邊過去嗎？而且你們還在村裡開這種吵死人的交通工具，太沒規矩了吧。」

她沒有嚇得讓出路，反而狠瞪了回去。

這一瞪，當然激起這群男人的火氣。

「嗄啊!?這小妞說什麼屁話!?」

「欠揍是不是啊!?」

這群男人在史黛菈一行人面前踩剎車，表情扭曲到極點，殺氣騰騰。

他們刻意空催幾下油門做為威脅，似乎在暗示他們要騎車撞人。

不過——

「等一下。」

越野車裡的壯漢忽然制止這群男人。

男人隨即抗議道：「大哥!?幹麼阻止我們啊！」

「老子還以為只是幾個小鬼，靠近點仔細瞧瞧，倒是個上等貨。」

壯漢推開跟班，大剌剌地走向史黛菈，用雙眼仔細打量她的臉蛋與雙峰。

壯漢的非禮行徑不只如此——

「挺合老子胃口的。妳就當老子的女人吧。」

他伸出巨大的手掌抓住史黛菈的肩膀，吐出如此狂言。

史黛菈當然立刻面露不悅——

「嗄？你算哪根蔥啊？突然沒頭沒腦的胡說八道。」

她橫眉豎目，質問對方的身分。

壯漢一聽，則是出言譏笑：「哼哼，住在這種雞不拉屎、鳥不生蛋的小鄉下，也難怪妳沒聽過本大爺的名號。

「也罷，老子就大發慈悲地告訴妳。我就是〈怒濤〉蓋爾！是能力者傭兵團〈凶犯名冊〉(Murder entry)的頭頭，再過不久就會幹掉〈比翼〉，成為世界最強劍士！鼎鼎大名的本大爺可是看上了妳，這可是妳身為女人最榮譽的時刻啊！」

「「唔喔喔！大哥太帥了——！」」

眾跟班隨即高聲附和，壯漢露出滿意的表情。

一輝等人此時終於察覺一件事。

這個男人搞不好根本沒發現史黛菈的身分。

時至今日，居然還有人認不出A級騎士〈紅蓮皇女〉的長相。

他們到底住在哪座深山裡？這傢伙吐出來的話正好完全套用在自己身上。一輝原本準備好隨時介入，這下子也忍不住浮現苦笑。

眼前人的滑稽模樣澆滅史黛菈的怒火——

「謝謝你的好意，但我心有所屬了，請容我拒絕。而且……我雖然沒見過『真人』，你這種級別應該很難贏過〈比翼〉。」

她一反常態，語氣出乎意料地平靜，並且溫和地推開壯漢的手，舉止像是在安慰他。不過──

「別搞錯了，本大爺可沒在問妳意見。」

「──！」

狀況卻並未落幕。

壯漢──蓋爾一語說完，大約三十名手下群起上前，團團包圍一輝一行人。

「喂喂喂，仔細一瞧不得了，她的同伴也滿有料的啊！」

「大哥！其他女人可不可以賞給我們!?」

「行，隨你們怎麼玩。不過那個紅髮女人是我的，敢出手老子就宰了你們。」

「「「YEAAAAAAAAAH!!!!」」」

眾多跟班高聲歡呼，紛紛顯現〈靈裝〉。

阿斯卡里德見狀，語帶歉意地說道：

「……雖然說得有點晚，這裡是真正的三不管地帶，一不小心就會發生這種事。」

「真的是說得有夠晚。喂、法米利昂，全都是找妳的，自己想辦法。」

「我知道，用不著妳說啦……這些傢伙至少能拿來熱身吧。」

此處既不歸〈聯盟〉，也不歸〈同盟〉管轄。

這代表自己一行人也不受法律拘束。

史黛菈毫不猶豫地打算顯現自己的靈裝。

但是——

「你們最好到此為止，不然就等著丟大臉囉。」

史黛菈攤開右手，正要喚出〈妃龍罪劍〉（Lævateinn）的瞬間。

某處傳來一陣低沉的嗓音。聲音不大，卻清晰地敲響在場所有人的耳膜。

蓋爾咬牙切齒地望向程咬金，不過——

「蓋爾，你可應付不了這位女孩呀。」

「拉布……！還有木場……！」

朝他的視線前方看去，只見兩名男子從村裡走出來。蓋爾望著兩人，臉上一陣青一陣白。

那兩人分別是一名西方人與一名東方人。西方人身穿鮮紅機車騎士服，渾身肌肉；東洋人則是身著漆黑和服，腰間繫著日本刀。

西方人介入史黛菈與蓋爾之間——向史黛菈彎腰行禮。

「〈紅蓮皇女〉史黛菈殿下，久仰大名，今日能拜見您的光彩，是我的榮幸。」

◆◇◆◇◆

兩名中年男子忽然出現在一輝等人眼前。

其中一名男子的長相，以及——

（木場………他該不會是！）

一輝隱約記得蓋爾喚出的名號。

「他稱呼您木場，您、您該不會是那位木場善一大師吧⁉」

「你見過他？」

史黛菈問道，但一輝搖了搖頭。

「不……但我看過他的影片。〈劍狼〉木場善一，他是日本的〈魔法騎士〉，十五年前突然從A級聯盟銷聲匿跡。最後的世界排行是第十二名，是當時日本最高的名次。」

在那數年之後，〈世界時鐘〉（World Clock）新宮寺黑乃超越了他的名次。不過他的勇猛至今仍深深影響日本騎士界，有不少年輕騎士仰慕著他。

一輝也是其中一人。

木場同時精通魔法、武術，一輝透過他的比賽紀錄學到不少技巧。

他和〈最後武士〉（Last Samurai）一樣，幾乎等同於一輝的劍術師傅。

身穿和服、束起頭髮的東方人見對方提起——

「……都是往事了。」

他承認一輝的猜測，語氣卻顯得不太在意。

「果然……！您至今究竟去了哪裡呢？」

「…………」

木場不再回答一輝。

他的沉默如同厚重冰冷的鐵門，像是在表示：「你不需要知道這些。」

另一方面——

「嗯？這股氣息難不成是……那位白頭髮的小姐，難道您就是那位〈黑騎士〉嗎？」

木場身旁站著名為拉布的西方人，他一頭金髮，一口白牙，外貌十分清爽。他向史黛菈身後的艾莉絲·阿斯卡里德搭話。

阿斯卡里德短短回了一句：「……對。」

「果真是妳啊！哎呀，我就覺得好像在哪裡感受過這股氣息。上次見面是美法會談的時候，所以應該有兩年沒見了。」

「阿斯卡里德小姐，對方好像認識妳，請問這位是？」

阿斯卡里德回答一輝：

「他是〈赤蠍(Red Scorpion)〉——蘭伯特·拉布先生，USSS的隊長。」

「美國特勤局(USSS)，那不就是萬中選一的〈伐刀者〉菁英嗎!?」

「我們在合眾國內並不叫〈伐刀者〉，而是稱為〈超能力者〉(Psychicer)。阿斯卡里德小姐在美法會議時擔任法國總統的護衛，我們是當時認識的。不過我直到今天才第一次見到她的真面目呀……當時看妳的一舉一動，我就已經猜想妳可能是女性，沒想到居然長得如此美麗。史黛菈殿下也是才貌兼具，上天果然很偏心啊。」

「他、他說〈紅蓮皇女〉跟〈黑騎士〉!?」

「沒搞、沒搞錯吧……我們該不會踢到了大鐵板……」

蓋爾的同夥在旁聽這一連串的對話，察覺自己一行人的立場，嚇得臉色發青。

他們不認得史黛菈的長相，但似乎聽過〈紅蓮皇女〉的名號。

大票跟班紛紛開始退卻——

「蠢死了!!!〈紅蓮皇女〉算什麼？〈黑騎士〉又算什麼？不過就是幾個女人！」

只有蓋爾面不改色，打從心底露出輕蔑的神情。

「〈比翼〉也是。說她一個人殲滅〈聯盟〉與〈同盟〉的軍隊？

怎麼可能有這種鳥事。

軟弱的女人辦得到才有鬼，老子還比較有可能辦到咧。

你們這些傢伙腦袋有問題嗎？居然把這種胡謅的傳言當真！

那傢伙一定是砸錢叫那些新聞媒體報導一些騙人的傳聞。不一定是花錢，也可能是賣身啊。

……不過這鬼扯蛋的最強傳說也維持不了多久。

大爺我馬上就去掀了〈比翼〉的臉皮。

痛宰一個女人就能盡情賺大錢、賺名聲，這世界還真好搞啊！

小子們，走人啦！啊哈哈哈哈！」

蓋爾吐出一連串低俗發言，接著推開拉布的肩膀，率領跟班前往愛德貝格。

……他並不是在逞強。

他是打從心底輕視愛德懷斯。

史黛菈見識到其破天荒的無知，低語之中甚至夾雜一絲佩服。

「世界上還真是什麼人都有。」

「哈哈。算啦，從某方面來說，無知也是一種強大，至少不會輕易被嚇退。不過……殿下一行人也在這個時期來到這裡，代表妳們的目的跟他們一樣，也是衝著〈比翼〉來的嗎？」

「只有我是。兩位也是嗎？」

「當然了，現在待在這裡的所有人都抱著相同目的。這下可出現一個強悍的勁敵了。」

拉布見史黛菈承認，神情頓時有些困擾。

但也只是短短一瞬間。

「話雖如此，我可不是跑來這裡度假。我是來證明〈世界最強〉的劍刺不穿保衛合眾國的盾牌。顛峰不容兩人並駕齊驅……不管是哪個人搶了〈比翼〉的首級，都別還怒呀。」

拉布的苦笑一閃而過，湛藍眼瞳中隱隱散發凶狠的光芒，滿載自信與野心。

爽朗的外貌隱藏著利牙。

史黛菈頓時感覺到對方氣勢逼人。

——他很強。

貨真價實的實力與經驗。

唯有兩者兼具的強者才擁有這股氛圍。拉布帶著這股氣魄。

不、不只是拉布。

他身後的木場，以及村裡大多數人也散發如此氣勢。

同時——這也是警告。

入山以後，雙方不再有機會親切聊天。

他們將會彼此競爭，爭奪唯一的頂點。拉布以氣勢這麼暗示史黛菈。

史黛菈明白對方的意思——

「不好意思，我不打算跟你們競爭。我要找的只有〈比翼〉，沒時間繞路閒逛。」

仍然以這句話回答拉布，不把拉布等人放在眼裡。緊接著——

「〈妃龍翅翼（Dragon wing）〉——！」

她在身後顯現一對火焰翅膀。

拉布、木場以及聚集在村中的其他挑戰者見其威嚴，登時目瞪口呆。

『唔喔!?那是啥!?』

『火焰、還有那頭紅髮，難不成是〈紅蓮皇女〉史黛菈・法米利昂!?』

『〈紅蓮皇女〉也要狙殺〈比翼〉嗎!?』

史黛菈不顧眾人的震驚，向一輝等人伸出手。

「一輝！阿斯卡里德！抓住我！我要一口氣飛到山頂！」

「啊、好！」

「我知道了。」

一輝與阿斯卡里德回應史黛菈，並抓住她的手臂。

她同時輕輕拍動火之翼，浮上三公尺高的空中。

她俯視獨留在地面上的多多良——

「……我才不要帶討人厭的傢伙上去。妳這麼想觀賞我的英姿，就自己努力爬上來呀。咧——！」

史黛菈諷刺道，似乎想討回剛才在車上的帳。

多多良聞言——

「爬個鬼。」

她直接輕輕一跳。

當她跳到最高點的瞬間，**往空無一物的半空中一蹬，再次跳躍**。

她重複這個動作，順利跳上天空，來到史黛菈身旁。

「妳以為只有妳會飛啊。」

她的伐刀絕技——〈完全反射(Total Reflect)〉能夠反彈所有衝擊與力道，剛才的動作便是運用這股特性。

她間歇性地反彈重力當作立足點。

史黛菈見狀，不悅地咂舌，望向天空——

「那要走囉！」

她使勁拍動雙翼拍打氣流，朝天空飛去。

宛如直衝天際的巨龍。

就這樣一直線飛向世界的顛峰。

……火焰光帶筆直延伸至雲端。

拉布仰望史黛菈餘留的軌跡，目送巨龍離去後，微微聳了聳肩。

「聽說她發掘出〈巨龍〉之力，沒想到居然還能飛，真行啊。」

傳說中〈紅蓮皇女〉實力高強。

他現在可以確定傳言屬實。

她的能力不止於火焰、熱度，變化多端。

運用範圍多而廣，超乎普通人想像。

自己這點資質根本無法與這名女孩相提並論。

「木場，我們再不趕路，可能會被搶先一步呀。」

木場聞言——

「……別調侃一個不到二十歲的小姑娘，拉布。」

他的回答卻隱隱帶著一絲責備。

不，木場就是在責備他。

那根本不可能發生。

這名好友卻說些言不由衷的發言。

「就如同我跟你『十五年前』的遭遇——**她根本靠近不了〈比翼〉**。」

◆◇◆◇◆

一行人飛離地面，過了五分鐘左右。

史黛菈發揮驚人的速度，只花了不到十秒就飛上一百公尺的高空，來到積雪閃閃發光的銀白世界——

（好厲害……）

彼方遙遠的頂端散發出劍氣，**鋪天蓋地迎面而來**，令她渾身顫抖。

這股壓迫感重得幾乎快將史黛菈打落地面。吹襲身軀的寒氣、拉布方才的氣勢完全無法比擬。

她知道。

她認得這股壓迫感。

就在七星劍武祭第三輪比賽，一輝對上莎拉・布拉德莉莉的戰場上。

她從贗品身上感受過分毫氣勢。

——她在。

她現在肯定就在這上面、這座山的盡頭。

世界最強劍士——〈比翼〉愛德懷斯。

還沒見其身影，魄力已令她喘不過氣。

明明低溫不足以融雪，她的身上卻早已汗水淋漓。

她和歐爾・格爾、納西姆對峙時已經體驗過了。這就是擺脫命運的〈魔人〉獨有的氣息。

無法抗拒的「死亡」就存在於氣息後方，恐懼滲透全身每個角落。

正因為如此——她更要前進。

她正是為了讓自己變強，強得足以面對這股恐懼，才來到這個地方。

「我要穿過雲層了！握緊我的手！」

史黛菈對一輝、阿斯卡里德說完，直接衝進緊貼山壁的厚重雲層。

伸手不見五指的濃霧；

敲打全身的冰雹；

她以火焰融去所有阻礙，不斷向上飛去。

最後，她終於穿過這片厚實的雲層，來到一片湛藍晴空。

高度超過八千公尺。

這個高度遠遠超過人類的適應極限，屬於生存範圍之外。

史黛菈一來到這裡，感覺自己的體重像是變重了數倍。

水蒸氣也難以升上這個高度。

空氣遠比地面稀薄，她使勁拍動雙翼也產生不了升力。

她沒辦法在這種地方飛太久。

必須盡快找出目的地。

就在此時——

「史黛菈！在那裡！」

垂在史黛菈下方的一輝突然高聲喊道，指向山壁。

史黛菈望向該處，峭壁之間的縫隙。

隙縫中有一小處緩坡，緩坡上出現一間小小的石造小屋。

史黛菈只看一眼就瞬間明白。

方才感受到的劍氣正是由此傳出。

「太棒了，一輝！我要降落在附近！準備一下！」

史黛菈道完謝，接著勉強移動到小屋旁，降落在積雪上。

「呼，安全抵達……」

「飛太快啦，得了高山症我可不鳥妳。」

「這裡沒有人的心肺柔弱到會得高山症啦。」

多多良隨後追了過來，一開口就是抱怨。史黛菈隨口吐槽，再次眺望雲海下方一望無際的湛藍空間。

「真不知道她在想什麼，居然把家裡蓋在這種地方。」

這裡的確風景絕佳，但整片山面都是峭壁，幾乎沒有立足點；山上又沒有遮蔽物，風大得像是直接撞上身體；風雖然強，空氣卻稀薄無比，連呼吸都十分辛苦，實在不是人住的地方。

「要搶也該搶個更方便的位置吧？」

一行人穿過雲層時，肩膀積了些雪。一輝拍掉雪塊，同時回答史黛菈：

「想想山腳下的狀況。假如〈比翼〉把家蓋在方便一點的位置，訪客大概會多到讓她沒時間休息吧。」

「也對。我也很喜歡打鬥，但是整天跟那種混混糾纏不清，我應該會昏倒。突然覺得她有點可憐，太有名也不太好呢。」

「妳自己也是其中一個『那種混混』，沒資格講廢話。所以咧，要怎麼做？先放火把她薰出來嗎？」

「我不像妳們那麼沒禮貌，才不會做這種事呢。總之……就直接來，遵從騎士的禮儀堂堂正正地要求與她決鬥。」

「要是她拒絕咧？」

「那就放火。」

「根本差不到哪裡去啊？」

「對方不接受和平協商，逼不得已只能以武力逼人就範了。」

「這傢伙居然跟政治家一樣鬼扯蛋。」

「人家的地位比政治家高喔。」

「這麼說來也對。」

史黛菈當然知道這麼做太任意妄為，可以的話真希望對方爽快接受挑戰……

總而言之，不先見到面，事情也不會有所進展。

「好了，我要上囉。」

史黛菈說著，同時走向小屋。

一輝等人跟隨在後──

沒多久就越過了史黛菈。

三人明明是緩慢走在史黛菈身後。

「史黛菈？」

「喂、不是要去找〈比翼〉？現在才開始怕嗎？」

「才、才不是！」

史黛菈否認，加快腳步打算追過三人。

但是——距離沒有縮短。

這也是當然的。

因為史黛菈仍舊站在降落地點，一步也沒有前進。

「唔——這到底是……!?」

無論她多麼想向前走，雙腳只是蠕動似地刮著腳下的積雪。

感覺就像自己的額頭抵在隱形的牆壁，怎麼也走不過去。

「怎、怎麼會!?」

一輝等人此時終於察覺，她似乎碰上了詭異的狀況。

「妳是不是**沒辦法前進**？」

「是、是啊。總覺得、前面有一道看不見的牆壁。這該不會是……某種結界——」

擋在前面。

史黛菈正要說下去——

「不。」

阿斯卡里德硬生生打斷了她。

「前面根本沒有牆壁，只是妳沒有前進罷了。」

「是、我嗎？」

「妳靠著直覺明白繼續前進會發生什麼事，靈魂畏縮了。」

「——！怎麼可能、有這種事——！」

阿斯卡里德靜靜說出事實。史黛菈聞言，隨即出口反駁。

史黛菈知道被他人的氣勢壓迫心靈，是什麼樣的感覺。

而她即將挑戰劍之道的顛峰，確實也有些緊張。

但眼前的阻礙顯然是**物理面**的力量在作祟。

既然如此——

（只能踢壞這玩意前進——）

史黛菈的雙腳開始施力。就在此時——

「別亂來。妳再繼續勉強自己，真的會送命。」

「「「——!!」」」

一股寧靜、又如銀鈴般清亮的嗓音傳入四人耳中。

聲音清澈，語調典雅。

四人猛然看向聲音來源，目的地——那棟小屋的入口。

她——就在那裡。

潔白秀髮在極為湛藍的天空中，緩緩飄逸；

身子靠在敞開的小屋大門上，神情隱隱蘊含些許困擾；

© Won

此人獨自聳立於劍之道的盡頭，佇立於遙不可及的巔頂之上。

——她就是〈比翼〉愛德懷斯。

◆◇◆◇◆

「我原本心想門外怎麼有些吵鬧，這組合還真是稀奇呢。」

這名妙齡女子身著便服，從小屋走了出來。

女子並未配戴任何武器，也不帶任何戰意。她的模樣卻令史黛菈感到**敬畏**。

她真是美極了。

潔白的秀髮猶如初雪般閃耀，五官端正，但是她的美不止於外觀。

女子銀灰色的雙眸直視著自己。平靜的眼神中蘊含聰穎之光，彷彿看穿了一切；細緻纖長的手腳沒有半點緊繃，舉止十分自然，卻又蓄勢待發，能從各種角度瞬間應對各種變化。

最令史黛菈吃驚的是，她完全無法從女子的站姿看出她的重心擺在何處。

一眼看穿對手的情報，卻又不透露任何資訊給對手。

儘管她手無寸鐵，妝容偏淡。全身打扮看起來就是在家裡放鬆時，突然必須出門接待來訪的客人。

一輝的備戰狀態已是無懈可擊，女子又更在他之上。

史黛菈從未見過如此完美的自然站姿。

（沒有錯，這個人就是真正的愛德懷斯……！）

女子只憑站姿就讓他人得知自己的實力。史黛菈從女子堂而皇之的作風，認定她的身分。

史黛菈面對愛德懷斯的自然站姿，自己也將重心微微下沉，進可攻，退可守，兩者兼備。

然而，愛德懷斯看了看史黛菈……以及史黛菈身前的阿斯卡里德，疑惑地歪了歪頭。

「話又說回來，艾莉絲和妳**現在不應該大老遠跑來這種地方**，不是嗎？」

「……！妳已經知道現在山下發生什麼事嗎？」

「聯盟已經正式發布消息了。法米利昂與奎多蘭之間的衝突，還有兩國在一週後將各自選出五名代表舉行戰爭，以戰鬥決定國家存亡。我大致上清楚這兩件事。」

既然她知道狀況，一切就好說了。

史黛菈直截了當地告訴她自己來到愛德貝格的原因。

「就如妳所知，我的故鄉現在遭遇危機。我一定要變得更強，才能打倒歐爾・格爾、保護法米利昂。所以我來到這裡，是為了與我所知最強的對手戰鬥！」

接著——

「請妳和我交手……！」

她顯現出自己的靈裝──〈妃龍罪劍〉。

並將劍尖指向愛德懷斯，要求與她決鬥。

愛德懷斯面對這名年輕又勇猛的挑戰者──

「勞煩妳千里迢迢來這一趟。但是不好意思，請容我拒絕。」

她僅以一句果斷的拒絕答覆挑戰。

「為什麼？」

「我現在不太想跟人決鬥，而且──」

愛德懷斯撥開肩膀上的髮絲──

「我是一名劍士，**我沒有興趣和一個不需要動劍的對手過招**。」

「──」

下一秒，周遭的空氣為之乾燥，溫度逐漸上升。

熱度當然是出自〈紅蓮皇女〉史黛菈·法米利昂。

不需要動劍。

愛德懷斯剛才確實是這麼說。也就是說──

「……妳這是什麼意思？」

「這句話並不是譬喻，就是字面上的意思。雖然這麼說很失禮，但憑妳的程度──我只用眼神就能殺死妳。」

她根本不需要動用劍。

一個眼神就能殺死史黛菈。

不可能，這話根本是虛張聲勢。

愛德懷斯卻理所當然地說出口。

她的態度、話中的侮辱——點燃史黛菈的鬥志。

「那妳就試試看啊……！」

她原本就打算在對方拒絕時，直接以實力逼她就範。

她毫不猶豫。

史黛菈一口氣壓低重心，使勁向前一踢。

一旦起了頭，也用不著管對方答不答應。

麻煩上身，愛德懷斯再不情願也得出手解決。

史黛菈原本是這麼盤算著。

但是，就一步。她僅僅只朝著愛德懷斯踏出一步——這一瞬間！

一股強烈的寒意，如暴風雪般直接砸向史黛菈的腦髓，她同時看見了那一幕。

那是在零點一秒後即將發生的必然——自己的四肢與首級遭人砍飛。

「呀啊啊啊啊啊啊啊啊啊——!?!?」

她根本沒時間考慮護身。史黛菈以全身的力氣，強行將正要向前的身軀向後拉，身體失去平衡，當場跌坐在地。

從旁觀者的角度看來，她就只是踢到雪滑了一跤。

不過——

「史黛菈!?妳那是——!?」

一輝立刻衝到史黛菈身邊，臉上一片慘白。

史黛菈隨即察覺原因。

「哈、呃……!唔～～～～!?」

一股異樣感伴隨疼痛深入體內，史黛菈伸手摸向頸部。

下一秒，一股溫熱黏稠的觸感沾溼了手掌。

是血。

史黛菈的頸部被劃開一道撕裂傷。

——對方以迅雷不及掩耳的速度砍傷了她。

不、並非如此。

別說〈比翼〉手無寸鐵，她根本連動都沒有動。

雙方的距離超過劍的攻擊範圍，愛德懷斯不可能砍傷史黛菈。

究竟發生什麼事？

她不懂。

她不明白狀況，但是心裡有一個推測。

她在一輝跟莎拉的比賽中看過類似的現象。

「原來如此……妳在房子四周布滿真空斷層，做出結界了啊。」

史黛菈以巨龍的代謝力治療傷口，並且做出推理。但是——

「不，完全不一樣。」

「!?」

「我並沒有刻下真空斷層，也沒有使用任何能力。更何況，我的能力並不適合用來戰鬥。真要說我做了什麼……我只是**發出稍微強一點的殺氣而已**。」

「騙、騙人！純粹的威嚇居然能劃傷對手的肉體、這種事——」

不可能辦得到。

史黛菈一口斷定。愛德懷斯點了點頭，說道：

「一般人的確不可能辦到，然而我並非普通人。我是〈伐刀者〉，以力量改變命運之人，而且我早已跨越自身命運極限，成為超脫行星因果之外的存在。」

「〈魔人〉……」

「妳已經知道了嗎？〈魔人〉早已超越自己與生俱來的才能極限，甚至能扭曲這顆行星的因果，將自己的足跡刻印在星球的歷史上。換句話說，這些〈魔人〉對於因果擁有強烈的主導能力，能夠以自身意志改寫世界的命運。」

「難不成——」

史黛菈腦中靈光一閃。

愛德懷斯點頭同意史黛菈的猜想。

「沒錯，我剛才正是運用這股特性攻擊妳。妳和我之間實力差距懸殊，我們交手的結局可想而知。妳自己也很清楚這一點，**心裡的某一處早已承認**自己會輸。這結果已經註定，無法避免，甚至不需要經歷任何過程。我只要稍微加強『傷害』妳的意念，我擁有的命運引力自然會將妳吞沒，因果……會直接呈現為應有的模樣。」

「……!?」

〈魔人〉這種特殊存在的引力。

僅僅是發出「意念」，就能跳過實行步驟，強制呈現行動的結果。

愛德懷斯的這番話太過脫離現實，簡直像是痴人說夢。

但是……史黛菈同樣身為伐刀者，因果、命運成就著她的強大。或許是因為如此——

史黛菈相信，愛德懷斯已經解釋了自身發生的所有奇妙現象。

她的說明全都是貨真價實。

脖子上出現傷口，以及剛才只有自己無法前進。

這些都代表愛德懷斯拒絕戰鬥。

全是因為史黛菈挑戰愛德懷斯的意念不敵愛德懷斯的意念，才會發生這些現象。是因為史黛菈決心前來挑戰愛德懷斯，拒絕的意念才會只針對史黛菈。

史黛菈忽然想起以前發生過類似狀況。

西京寧音。

當時自己試圖偷襲〈沙漠死神〉，寧音只用一句話，以及隱形的壓力綁住了自己。

或許是她的「意念」吞沒了自己的因果，才引發這種現象。

也就是說——

「而且不只是我，所有的〈魔人〉都能主導因果。妳對上〈傀儡王〉、〈沙漠死神〉時應該也感受過了，**自己的死亡**就隱藏在他們身後。當妳察覺這股命運，不論妳如何垂死掙扎都毫無勝算。妳只會被〈魔人〉的引力帶走，命運會拉著妳前往**妳自己想像中的**結果。只有妳自己也成為超越因果的存在——〈魔人〉，才能戰勝這股引力。」

她在只有成為〈魔人〉的那一刻，才能開始與他們**平起平坐**。

「妳明白嗎？現在的妳沒有資格在我們的領域戰鬥。」

「可、可是，所以我來找妳，就是為了超越這種命運——」

「我明白。這個方法本身並不算錯……但是我沒有理由奉陪。」

「唔……」

「不論妳想打敗〈傀儡王〉，或是與我一戰，其實都只是在尋死。**妳明知道**自己會死，還主動跳入深淵。很遺憾——我並不想協助別人自殺。」

「…………」

「……妳前進的方向只有『死路一條』，所以請放下那些愚昧的妄想，回家去吧。妳現在的最佳選擇——就是仰賴同伴的協助，盡全力讓自己存活下來。」

「…………………」

史黛菈無能為力，她無法追上這場戰役的水準。

愛德懷斯無情地將這些現實拋在她眼前。

史黛菈聆聽這些殘酷的話語，無力反駁，只能低頭不語。一輝安撫著她：

「史黛菈，這麼做真的太勉強了。沒想到她居然能只靠威嚇攻擊對手……實在太強了。以前我在曉學園遇見她，當時的劍氣完全無法與現在相比……她那時的最後一刀果然還是沒有拿出真本事啊。我只是在一旁觀看，就已經感覺彼此的實力差距更加遙遠。」

然而愛德懷斯卻搖頭否定一輝：

「不，當時我已經拿出全力了。如果你現在覺得彼此差距更大……或許是因為我變強的速度遠遠超過你們成長的幅度。」

「……！」

無人匹敵的劍之巔頂。

她已經立於一種武術的盡頭，竟然仍在持續精進。

一輝實在無比敬畏這名女性。

史黛菈也同樣尊敬她。

但是史黛菈還得知〈比翼〉的另一面。

（……這個人真的很強大，而且非常善良。）

史黛菈撫上自己的脖子，上頭的傷口早已完全治癒。

她親身體會〈魔人〉對於因果的引力與支配力，所以才能理解。

──愛德懷斯確實單靠「意念」就能輕易砍下自己的腦袋。

因為在那一瞬間，連史黛菈自己**都已經接受這個結局**。

但是自己並沒有身首異處。

為什麼──理由當然只有一個。

她打從一開始就不打算殺死史黛菈。

儘管史黛菈來訪只為取她性命，失禮至極。

她仍然誠心誠意關心這名不速之客，給予忠告。

希望她再次三思。

史黛菈看一輝如此崇拜愛德懷斯，原本就認為她不僅僅是個罪大惡極的罪犯。

她真的非常善良，而且是貨真價實的強大。

……實際上，史黛菈也心知肚明。

自己現在只是魯莽行事。

自己甚至贏不過〈傀儡王〉，怎麼可能打敗世界最強的劍士？

一旦雙方開戰，自己根本無法活著走出這座山。

她知道。

她明白自己只是在幹蠢事。

(————可是……)

「我不要……!」

史黛菈開口拒絕,同時站起身。

深紅雙眸閃爍著堅決的光芒,直盯著愛德懷斯。

「我體會到〈魔人〉的特性,知道現在的自己對上〈魔人〉毫無勝算,也很清楚妳沒有說出一句假話。而且妳是出自善意勸退我,我真的非常感謝妳。事實確實如妳所說,我只要依賴寧音老師或阿斯卡里德,專心保護自己,或許能活著撐過這次危機。」

「既然妳已經徹底明白了——」

「但是,下一次呢?」

「……下一次?」

「萬一法米利昂遭遇下一次危機,我根本不知道寧音老師他們在不在法米利昂,也不知道他們下一次願不願意幫忙。甚至下一次**可能會是妳**攻打法米利昂也說不定。」

「!!」

「這一次有八十三個人送了命,這已經讓我徹底了解,災難總是突如其來,不會慢慢等我們準備周全！沒有人知道下一次會是誰、在什麼時候攻進法米利昂……！那我到底該怎麼辦？我究竟該怎麼做？我只能躲在家裡保護自己？不對！還是求神拜佛，祈禱下次剛好有救世主來拯救法米利昂!?——不對！我是法米利昂皇國第二皇女，我以法米利昂之劍的身分一路活到今天。這樣的我——

只能在現在這一剎那，變得比任何人都強大呀————!!!」

「————！史黛菈住手!!」

一輝從史黛菈的表情、語氣察覺她的企圖，急忙大喊制止她。

史黛菈沒有回應。

她不顧一輝的勸阻，再次持劍走向愛德懷斯。

下一秒，血沫飛濺。

因果的刀刃撕裂她的身軀。

雙方一拉近距離，〈比翼〉擁有的引力立刻將因果推向無法動搖的結局。

史黛菈仍然不退縮，不斷前進。

她即便臉頰裂開、鮮血飛散，依舊神色不動。

不偏不倚地直視〈比翼〉愛德懷斯。

（再繼續下去太危險了！）

史黛菈持續走向愛德懷斯，堅決不退縮。

她明知道無法得償所願，也沒有任何勝算，依然向前邁進。

她完全失去理智。

一輝在卡爾迪亞戰後感覺到的不祥預感，如今已成真。

她再繼續前進，真的會自取滅亡。

一輝感到背脊一陣戰慄，隨即邁步奔去。

阿斯卡里德同時展開行動。

她打算前去阻止史黛菈。

但是——

「我身為法米利昂的皇族，我有應負的職責！我有義務拚上性命，全力保護法米利昂所有的國民！哪怕最後會丟了這條命，我也絕不會從自己的責任逃開任何一步——!!!!」

史黛菈不顧兩人，逕自加快腳步逼近〈比翼〉。

為了達成法米利昂之劍的使命；

為了獲得足以善盡責任的力量；

既然無法如願，就此喪命也甘願。

假如無法達成皇族的責任，這條命不要也罷。

她抱持著必死的覺悟。

但是她的舉止實在過於魯莽，完全是在送死。

因果刀刃無情地劃過史黛菈的頸部——

「……我明白了，我投降。」

愛德懷斯無奈地說道，她中途收回殺氣，刀刃隨之煙消雲散。

◆◇◆◇◆

史黛菈儘管遍體鱗傷，仍然一直線衝向死亡的命運。

她的模樣、拚命的神情……讓愛德懷斯想起了他。

曾幾何時，有一名年輕武士明知一動手就等於死亡，恐懼使得他身心顫抖不已，仍然拚命壓抑逃走的衝動，為了親愛的妹妹挺身阻擋自己。

她想起了當時的〈落第騎士(Worst One)〉黑鐵一輝。

他為了他人搏命奮戰的身影。

愛德懷斯十分欣賞這份節操。

現在仍舊不變。

……但是——

（只有節操是不夠的。）

因為這個想法本身早已放棄了勝利的可能性。

「請對我的靈裝——〈聖約之儀〉（Testament）立誓。」
右手中釋放溫和的白光，顯現出其中一把靈裝。
接著她將靈裝立在史黛菈面前的地上。
要求史黛菈握住這把劍宣誓。
史黛菈毫不猶豫地答應——
「我知道了，正合我意——」
「等等。」
〈黑騎士〉艾莉絲·阿斯卡里德此時卻制止了史黛菈。
「阿斯卡里德？」
「妳要小心，這不是單純的口頭約定。她已經發動她的能力，妳隨口答應可能會發生不得了的事。」
「阿斯卡里德，妳知道〈比翼〉的能力嗎？」
阿斯卡里德點了點頭。
「……〈比翼〉愛德懷斯是主掌『契約』的因果干涉系伐刀者。凡是在她的靈裝〈聖約之儀〉面前立下誓約，宣誓者的心臟上將會打入誓約之楔，避免宣誓者違約。對方一旦違約，誓約之楔立刻會扯裂心臟奪走對方的性命。這就是〈比翼〉愛德懷斯唯一的伐刀絕技——〈無瑕誓約〉（Rule of Graces）。」
愛德懷斯本人也點頭承認阿斯卡里德的解說。

「正如艾莉絲所說，我的伐刀絕技會強制要求誓約對象絕對遵守契約。誓約對象必須主動宣誓才能生效，算不上好用的能力，相對的其強制力無人能比。」

畢竟能力本身會直接撕裂心臟。

「假如在場所有人願意發誓，答應方才的條件，我也會向這把劍承諾與史黛菈交手。各位意下如何？」

這份契約相當危險。一旦發誓，無論史黛菈陷於何種危機，那怕是〈傀儡王〉臨時起意追到這個地方來，在場的任何人都無法出手相助。

但是史黛菈早就心意已決。

她將手覆在白金之劍——〈聖約之儀〉的劍柄上——

「……各位這麼擔心我，打死我也沒辦法拜託你們相信我。我沒資格說這種話。所以……**拜託你們**，請你們讓我相信我自己。」

她開口拜託擔憂自己的同伴。

希望他們在自己的可能性上賭一把。

第一個回應史黛菈的人——正是黑鐵一輝。

「我相信妳。史黛菈一定會超越自己的極限。」

一輝薄唇緊繃，露出堅決的神情，彷彿**下了某種決心**，接著將手掌蓋在史黛菈的手上方，覆住〈聖約之儀〉。

緊接著——〈黑騎士〉阿斯卡里德也疊上了手。

「阿斯卡里德……」

「我已經不想再看到弟弟傷害任何人了。如果妳能變得更強……也會幫上我的忙。所以，加油。」

「謝謝你們……」

史黛菈誠心向兩人道謝，感謝他們順從自己的心願，接著再次看向愛德懷斯，說道：

「這樣就行了吧？」

自己的同伴已經同意誓約，愛德懷斯應該沒有怨言了。

但是──

「不、還差一個人。」

愛德懷斯回以否定。

接著她瞥向史黛菈身後，至今始終保持旁觀的多多良幽衣。

「嗄？喂喂、什麼還剩一個人？妳在說我嗎!?」

多多良對此也是震驚不已。

她萬萬沒想到自己會被當成史黛菈的同伴。

史黛菈的反應亦同。

「呃、愛德懷斯小姐，那傢伙才不是我的同伴，該說她只是來湊熱鬧，還是填補背景的路人？反正她就跟掉在路旁的空罐差不多，請別太在意。」

她立刻解釋多多良跟自己毫無關聯。

但是愛德懷斯並不接受。

「不，她也得發誓，不然我就不能同意這份契約。」

她堅持要多多良參與宣誓，否則就不承認對方達成條件。

事到如今，她只能說服多多良。

於是，史黛菈看向多多良——

「……我、我說多多良啊，反正妳也不在意我的死活，何不配合我一下？」

「開什麼玩笑！憑什麼我得陪你們**扮家家酒**！而且我哪可能幫妳，我沒趁妳慘兮兮的時候上去補一刀就不錯了。」

「拜託妳啦……！一切就只差妳點頭了！」

史黛菈放開劍，雙手合十拜託多多良。

不過她這一示弱……反而引起另一個麻煩。

「哼嗯，是喔？也是嘛，現在就看我要不要答應嘛～」

多多良露出惡劣的笑容，走到史黛菈身旁。

「我要是不點頭，妳就會白跑一趟嘛～妳就會很困擾齁？」

「對、對啦，所以我才拜託妳啊。」

「沒誠意。」

「妳、妳是要我下跪嗎？」

「那～才不夠咧～嘻嘻嘻。」

多多良笑了幾聲，在史黛菈面前將拇指一翻，比向地上：

「妳給我趴在地上模仿豬，夠有趣的話我就配合妳。」

「————」

這一剎那，在場所有人彷彿聽見某種斷了線的聲響。

「……愛德懷斯小姐，請問一下，只要『保證這傢伙在這六天內不能出手幫我』就可以了吧？」

「是的，沒有錯。」

「那我現在宰了這傢伙，應該也算數吧？」

「嗄啊!?這蠢娘們突然鬼扯些什麼——」

「是的，沒關係。」

「關係可大了！唔——好險——!?」

劍光一閃。

劍刃不帶一絲猶豫，直接揮向頸部。

她能在千鈞一髮之際閃過攻擊，代表她身為殺手的實力確實高強。

因此——史黛菈毫無保留：

「〈龍神附身（Dragon Spirit）〉！」

「不不不！暫停暫停！妳認真個鬼啊!?我知道、我知道啦！配合妳總行了吧！就說要配合妳了，把那危險的玩意兒給我收起來啊啊啊啊啊啊啊!!!!」

多多良此時的慘叫似乎傳到了山腳下。

第十二章
嚴寒的考驗

「唔呃——就算是夏天，標高六千公尺的高山上也是冷到不行啊。」

多達數十人的小團體排成長列，在愛德貝格的山路上緩緩前進。颳過的寒風讓站在隊伍最前端的男人抖個不停。

「畢竟是第五營地，再忍耐一下。」

「紮完營就來吃飯吧。」

「其實我帶了酒來。愛德貝格在標高六千公尺以上會變得特別險峻，先在這裡喝掉吧。」

「不錯呀！那今天就來提前慶祝我們打敗〈比翼〉吧！」

正如同剛才的對話，這個團體正是由一群對自身實力有自信的伐刀者（能力者）組成。他們都是衝著國際級罪犯——〈比翼〉愛德懷斯的懸賞金而來。

並非只有挑戰者會前往愛德貝格。

也是有許多人成群結黨，打算以人海戰術擊倒愛德懷斯。

「……不過我們真的贏得了嗎？」

「沒問題啦。光是我們這批先遣隊就將近五十人，加上之後抵達的人超過一百人，而且所有人都能使用魔法。」

「是啊、是啊，再說所謂的傳聞都會加油添醋。說是一個人殲滅整個軍隊……未免太誇張了。當然我不是小看〈比翼〉，她就是這麼強，強得能傳出這種蠢到極點的謠言。

但是你看看周遭。

〈銀狐（SilverFox）〉、〈猛牛殺手（Bison Killer）〉，

〈烈火尖槍〉克雷因巴克、〈亞馬遜勇士〉，

甚至連〈鬥魂四兄弟（Red Hot Brothers）〉，還有鼎鼎大名的〈殺人症候群〉山田都來了。

聽說以前政府機關曾派出軍隊追捕〈比翼〉，但又不是整支軍隊都是伐刀者。我們還是頭一次湊到這麼多人馬。

先由我們這五十人出馬消耗〈比翼〉的體力，再跟趕到的五十人會合，一鼓作氣給她最後一擊。

作戰計畫很完美。只要我們不要太大意，一定能靠人海戰術輾殺〈比翼〉。」

「……說得也是。」

在場個個都是強者，他們都是以自身實力闖出名號。

最弱也都達到聯盟C級水準。

語帶不安的男子望了望在場的成員，也打起精神，神情取回原有的氣勢。

就在此時。

「嗯？等一下。」

領隊的男子突然停下腳步，舉起手示意後方止步。

「第五營地好像有別人在？」

「不是有人比我們早一天出發？是那批人吧？」

前方隊伍這麼說著，瞇起眼仔細觀察。

漫長的登山通道前方。

有一片直徑二十公尺左右的平地。

第五營地。

有一名紅髮女子氣勢凜然地佇立營地中，面向下方的隊伍。

「……女的，而且是個女孩？看起來挺年輕的呀？」

「先發隊伍有人帶小孩去嗎？」

「還是普通的登山客？」

「這裡怎麼可能會有普通登山客，應該是山腳村落裡的村人吧。難得碰上了，喂——！」

其中一人揮著手打算靠近，此時——

「不、馬可斯，慢著!!」

領頭男子抓住揮手的男人，阻止他前進——

「前來侍奉吾身——〈妃龍罪劍〉！」

下一秒，少女手中顯現出黃金巨劍，巨劍在隊伍前方釋放火焰，做出一道火牆。阻卻一行人的去路。

「嗚哇!?靈裝……！她是伐刀者！」

「果然！我就覺得好像在哪裡看過那張臉……！那傢伙是〈紅蓮皇女〉！」

「是法米利昂的那位嗎!?」

「對！看那頭紅髮，不會錯！我也在新聞裡看過她！」

這群男人紛紛察覺少女——史黛菈的身分。史黛菈朝著這群人大喊：

「不好意思，請原諒我用這麼粗魯的方式打招呼。」

「的確很粗魯啊！妳到底想幹什麼！」

「妳就是〈紅蓮皇女〉史黛菈・法米利昂吧!?一國公主跑來這種地方幹麼!?」

「來這裡的人都只有一個目的吧。我和你們一樣，我也是來挑戰〈比翼〉。不過她要我打敗你們所有人，才願意跟我過招。」

「妳說什麼……！」

「我跟你們無怨無仇，但我現在無論如何都得和〈比翼〉交手……！不好意思，我得打倒你們！而且你們要是贏不了我，根本不可能贏過〈比翼〉！那敗在我手上還比較幸運呢！——〈妃龍大顎〉!!」

史黛菈抛下戰帖，不等對手答覆就直接出手。

她以〈妃龍罪劍〉施放龍頭狀的火焰砲擊。

火龍張開巨大雙顎，直指這群男人而去。

這群男人頓時臉色大變——

「她竟然真的動手！」

「哼！我方早就料到會與挑戰者進行生存戰！快點反擊！」

「可、可以嗎!?居然要攻擊一國的公主殿下……」

「是對方先出手的，而且這裡是三不管地帶！沒問題!!幹掉她！」

他們不慌不忙，立刻顯現出靈裝。

接著揮動武器，將〈妃龍大顎〉連同堵住去路的火焰一起擊滅。

突襲部隊以速度極快的〈銀狐〉為首，一口氣逼近史黛菈，揮刀斬去。

整支隊伍合作流暢無礙，應對沉穩，可以看出這群男人的實力高強。

但是——

「什麼!?」

「她、她會飛!?」

眾人的刀刃並未命中史黛菈。

史黛菈喚出火焰雙翼，雙翼拍擊空氣，飛向空中。

史黛菈從天空俯瞰整群隊伍，高高舉起〈妃龍罪劍〉。

同一時間，她的身後星光閃爍。

那是無數顆球狀火焰。

緊接著──

「將敵人燃燒殆盡──〈焦土踩擊（Broken Arrow）〉！」

〈妃龍罪劍〉就如指揮刀一揮而下，火球施放無數高溫熱線，降下大地。

「「「哇啊啊啊啊啊啊啊啊啊啊啊!!!!」」」

無法抵禦的高空之上，強光熱線如驟雨般傾瀉而下。

熱線引發的爆風吞噬整群隊伍，男人們頓時哀號四起。

史黛菈以一次轟炸消滅近半數的敵人。

不過仍然有人不願乖乖就範。

「混蛋！這力量果真名不虛傳，太誇張了！」

「能飛的傢伙一起上！一對一根本拚不過她！」

其中會飛的成員和史黛菈一樣，以自己的能力飛上天。

他們穿梭在熱線之間，朝著史黛菈吶喊。

但是史黛菈無動於衷。

「非常好！放馬過來吧！」

她愉快地迎擊眾多敵人。

驍勇善戰的她，絕不會甘於在敵人無法進攻的遠處作戰。

近距離戰鬥正合她意。

史黛菈靈活地操縱雙翼，同時與敵人過招。

她發揮驚人的臂力，一劍擊潰所有敵人的防禦，將他們打落地面。

——行得通。

敵人並不弱……但自己經歷〈七星劍武祭〉後突飛猛進，這些敵人不是自己的對手。

（就按照這個步調，還有五天，我一定辦得到……！）

高處上出現兩道陰影，正注視著積極的史黛菈。

一名女子的雙眸左右藍紅異色，正是艾莉絲・阿斯卡里德；另一人則是多多良幽衣，她身穿女僕裝，大嚼巧克力點心。

多多良咬碎巧克力板，揚起惡毒的笑容。

「喔——喔——那隻母猩猩第一天就火力全開，蠢死了。她能維持那勢頭到晚上嗎？有得瞧了。嘻嘻嘻……！」

「…………」

不過現場只有這兩個人。

一輝應該最擔心史黛菈，他卻不在場。

原因是？

因為愛德懷斯以「有話要對你說」為由，邀請他到自己家裡。

◆◇◆◇◆

愛德懷斯等到計時器響起，打開磚造舊烤爐的鐵門。

她戴上隔熱手套，從烤爐中拿出了「那個」。

房間內頓時充滿水果烘烤後的甜美香味。

「嗯，烤得剛剛好呢。」

這是蘋果派，派面著上焦糖色，散發香醇成熟的香氣。

她將剛烤好的派裝進盤子裡，端到客廳的小桌子上。一輝就在桌前等著。

「久等了。來，請用。這裡有蛋糕、餅乾，還有剛烤好的蘋果派。想要多少儘管拿，不夠的話裡頭還有呢。」

「謝、謝謝您。」

一輝道著謝，臉上卻略帶疑惑。

愛德懷斯說有事找他，他才跟了過來，沒想到會受到如此熱烈歡迎。

世界最強的劍士現在居然穿著圍裙。

這是什麼狀況？

眼前的畫面實在太過奇妙，他甚至以為自己在作夢。

「哎呀？你該不會是不太喜歡吃甜食？」

愛德懷斯望向一輝，似乎是察覺一輝的困惑。

一輝急忙搖頭否認：

「沒、沒這回事。只是這些點心全部都看起來很好吃，不知道該從哪裡下手。」

「呵呵，那就太好了。如果你很猶豫的話，不如先用這道蘋果派。剛烤好的蘋果派可是世界第一美味呢。」

一輝的客套話似乎讓愛德懷斯相當開心。她一邊哼歌一邊切開蘋果派，並將蘋果派裝到小盤子上，遞給一輝。

「那我不客氣了……唔！」

一輝能看見切面塞滿了蜜糖色澤的烤蘋果。

切口散發濃郁的果香以及派皮焦脆的誘人。

輕輕一聞，就能感覺香味在促進唾液分泌。

他聽從身體的欲求，將派送入口中——

「……！」

接著驚訝地瞪大雙眼。

好吃。

而且不是普通的美味。

牙齒咬下散發淡淡奶香的派皮，便能感受到清脆的口感，派皮下方的烤蘋果帶著香醇的甘甜與鮮甜，在口中迸發開來。

然而這並不是單純的甜。

真要用詞彙來形容的話——那就是「厚實」。

這股甘甜十分厚實。

像是濃縮了數十顆蘋果在內。

這股甘甜的底層深處，一股沉穩的大地芬芳承接著一切。

麥子……還有別的氣息。這是、土？

舌尖上的資訊接踵而來，與自己認知中的蘋果派截然不同。

他甚至不認為腦中的蘋果派跟舌頭感覺到的食物是同一種料理。

這究竟是——……

「如何？還合你胃口嗎？」

愛德懷斯語帶不安地詢問。一輝頓時回過神來。

這股味覺的衝擊大大動搖自己的價值觀，讓他一時語塞。

一輝用力點頭回答她。

這味道豈止合一輝胃口。

「是，吃起來雖然很甜，但不會膩，感覺還帶著一股典雅，真的非常好吃。我從來沒吃過這麼好吃的蘋果派！」

愛德懷斯聞言，露出開朗的笑容。

「我好高興。這道蘋果派是我的祖母傳授給我，裡頭放了卡巴度斯來提味。」

「卡巴度斯？」

「卡巴度斯是蘋果釀造的白蘭地。卡巴度斯的苦澀、辛辣和香甜的烤蘋果十分契合，創造出豐富、多層次的甜味。」

一輝這才明白這股香醇又複雜的奇妙滋味出自何處。

而熟成時木桶的香氣會融入卡巴度斯，才會散發那股大地芬芳。

「來，也嘗嘗這邊的餅乾。黑色的是巧克力口味，白色則是香草橙皮口味。夏威夷可娜咖啡的酸味較強，非常適合搭配這兩種餅乾呢。」

「呃、謝謝。」

愛德懷斯接二連三地推薦一輝品嘗這些手工點心。

這些甜點全都非常可口，令一輝十分訝異。但最讓他訝異的，其實是愛德懷斯推薦點心時的態度與表情。

實在很難想像，眼前的女性就是以高超劍術撼動大國的強大劍士。

一輝自從那晚與她邂逅以來，心目中的她始終帶著某種神聖不可侵犯的印象。

她就像生存在不同的世界，難以接觸。

她的形象彷彿是只活在寓言中的傳說人物，籠罩著一層神祕面紗。

然而一輝對她的印象卻漸漸翻轉過來。

他並不覺得愛德懷斯在他心中的形象破滅，倒不如說──

「一輝，怎麼了？為什麼一直盯著我的臉……！我的嘴邊該不會沾到了什麼東西!?」

愛德懷斯察覺一輝的視線，急忙遮住脣邊。

一輝搖搖頭：

「呃、不，不是沾到東西，我只是覺得您好像看起來很開心。」

這麼回答。

緊接著──

「唔──～！」

愛德懷斯聞言，過於潔白的雙頰頓時隱隱泛紅。

她有些尷尬地縮起身子，一邊窺探一輝的表情一邊問道：

「……我、我看起來真的有這麼興奮嗎……？」

「欸？呃……是有一點啦。」

「不、不好意思，讓你見笑了。其實我的興趣就是做甜點，也很喜歡請別人吃親手做的點心。不過我實在沒什麼機會邀請客人來家裡喝茶，難得有這個機會，不小心太起勁了……」

「啊哈哈，畢竟這個家蓋在很驚人的地方嘛。」

標高八千公尺以上。

已經超出人類的生存範圍之外。

大概不太會有人跑來這麼偏遠的地方喝茶。

愛德懷斯也點了點頭：

「山腳下那群客人倒是天天會來拜訪。而且……我全心投入劍術修行，沒什麼朋友……一把年紀又還沒結婚……哈哈哈…………」

她的眼神飄向遠方，口中不停乾笑。

——怎麼回事？看著這樣的她，會覺得莫名辛酸。

再繼續這個話題，她心中某種珍貴的事物可能會一點一滴碎裂。

（得換個話題……！）

一輝心想，一邊喝著咖啡一邊瀏覽客廳尋找話題。

此時他忽然望向架子上的相框。

那裡放著一大一小的相框。

大相框中……映著數名大人以及一名擁有耀眼白髮的女孩。

這應該是愛德懷斯兒時的家族照片。

另一個小相框……不知為何蓋在架子上。

——其他生活用品都擺放得十分整齊，這個蓋起的小相框反而顯得不太自然。

她或許不願意讓別人看到裡頭的相片。

那最好別提起這張照片。

於是——

「話、話說回來，有件事我一直很在意——」

一輝看見愛德懷斯的兒時照片，心中忽然升起一個疑問。

「……愛德懷斯小姐為什麼會選擇踏上劍士之道呢？」

「你是問我嗎？」

「是的，愛德懷斯小姐的劍術舉世無雙，而我非常想知道您學劍的理由是什麼。」

這張照片中的女孩究竟是抱持著何種決心與氣魄，才能登上劍術的顛峰？

雖說是別人的私事，但一輝同樣行走於劍之道上。

他按捺不住自己的好奇心。

於是擅自讓想像的羽翼自由翱翔——

「是為了減肥。」

下一秒，羽翼就被當事人一把扯下。

「…………………………嗄？」

「是為了減肥。」

「……不是在開玩笑？」

「不是。」

——她說的是真心話。

一輝見愛德懷斯毫不遲疑地點頭，一眼就明白了。

她並沒有說謊，口中的話千真萬確。

「我剛才也提過，我從以前就非常喜歡甜食，喜歡自己做，也喜歡吃，所以……說來慚愧，當時我真的有一點胖。父母認為我應該好好運動，正好家裡附近有一位日本老師在教劍術，就帶我去了。」

「呃……是嗎……」

「很難相信？」

「不、不會……呃不、是有點難以置信。」

自己驚訝成這樣也很難蒙混過關，一輝改口承認。

「……我原本以為〈比翼〉愛德懷斯會成為世界最強的劍士，一定有什麼很嚴肅的原因。不過這只是我自己擅自想像。」

「呵呵，覺得有點失望嗎？」

「沒這回事，但的確有一點吃驚。」

「我其實一點都不特別。所謂的世界最強劍士，其實只是生長在一個平凡無奇的幸福家庭，極為單純的普通人……我自己也沒想過，自己身上居然擁有這麼驚人的才能。」

愛德懷斯如銀鈴般輕笑著。

此時，她的雙眸忽然閃現羨慕的光彩——低語道：

「……所以，我其實滿羨慕一輝跟史黛菈的。」

「羨慕、我們嗎？」
「是呀。」
愛德懷斯點點頭。
「你們兩位清楚自己握劍的理由，並且為了自己的目標握起劍。不過……我仍然不知道自己拿劍的理由。」
她述說著。
自己只是因緣際會下學了劍，偶然擁有比他人更高的才能，而這份才能也十分適合走上這條道路。
等她回過神來，自己已經獨自立於顛峰之上，無人能及。
僅是如此而已。正因為如此——
「有能力的人應該盡力達成自己的職責，但我仍不清楚自己究竟該何去何從。」
她即便是踏進〈魔人〉的領域，仍然找不到自己的目標。
自己生在世上，擁有如此驚人的能力，究竟該做些什麼？
她仍在為「自我」這篇故事尋覓標題。
「自己的劍究竟應該為何而存在？這份與生俱來的力量究竟該用於何處？所以我現在仍然繼續探求一條屬於我——屬於自己的〈騎士道〉。」
愛德懷斯以茶匙在咖啡杯中繞出漩渦，迷惘地望著漩渦中心。
她的模樣……與神話中的傳奇之人相去甚遠。

她苦惱著，不斷尋求自己的定位與價值。

眼前的她，不過是一個隨處可見的平凡人類。

◆◇◆◇◆

「謝謝招待。」

「不客氣。呵呵，我還想已經做得夠多了，男孩子真的很能吃呢。」

愛德懷斯說著，看向一旁清潔溜溜的盤子。

一輝有些害羞地搔了搔臉頰：

「因為這些甜點全都好吃得不得了，真是不好意思。」

「不會，我也想稍微報答你，很開心能聽到你這麼說。」

「報答……？」

「是的。其實我今天請一輝過來，主要是為了天音、紫乃宮天音的事……想向你道謝。」

「！」

〈厄運(Bad Luck)〉紫乃宮天音。

凡是他自身許下的願望，經歷一連串的偶然後，**必定會成真**。

這名男孩擁有最高階的因果干涉系能力——〈女神過剩之恩寵(Nameless Glory)〉，這份能力甚至徹底擾亂他的人生。

一輝曾在〈七星劍武祭〉中遭遇這名強敵。

一輝吃了一驚，他沒想到會在這時候聽見這個名字。

「愛德懷斯小姐認識他嗎？」

「是，當初就是我介紹他加入〈解放軍(Rebellion)〉。」

「是嗎!?但這又是為什麼——」

「你問為什麼嗎？真要解釋起來，只能說是逼不得已。當年我找到天音的時候……他已經沒辦法在表層世界生存下去了。」

「…………」

那份神乎其技的能力。

他就是因為懷抱著這份能力出世，連他自己的親人都只在他身上渴求這份「力量」。

父親、母親、周遭的所有人都只看著他身後的這股能力。

無論對方是想親近、厭惡，出發點都不在於天音本身。

生不如死，如行屍走肉般的人生盡頭。

天音對一切絕望之後，唯一的期望便是毀壞自己周遭的一切。

愛德懷斯正是在這個時候遇見天音。

「您居然能在那種狀況下接近天音啊。他的能力應該能拒絕與您相遇……」

「方才我也對史黛菈解釋過，〈魔人〉對於因果擁有強大的主導能力。而且我自己的能力也歸屬於因果干涉系，多少能抵抗同系統的能力。不過……我頂多只能保障他的人身安全，給予他一個容身之地，避免他開始傷害自己。可是——一輝拯救了瀕臨崩潰的天音。」

這名騎士明明和自己一樣不受他人期待，卻始終與命運奮戰到底。

〈落第騎士〉黑鐵一輝。

天音十分憎恨這名騎士。

因為他只要看著一輝，就忍不住開始相信早已自我放棄的自己。

所以天音利用自己的命運，試圖阻卻一輝的去路。

利用這股讓自己無路可逃、無人能擋的絕對力量。

〈女神過剩之恩寵〉。

但是一輝仍未止步。

這股奇蹟之力奪走了天音的一切。但一輝卻超越這股力量，自己開闢一條道路。

他奮戰的模樣，他的背影拯救了天音的心靈。

「真的很謝謝你。」

愛德懷斯深深低下頭，向一輝道謝。

一輝這才明白愛德懷斯邀請自己來家裡的原因，但是他知道內情後：

「不用客氣，畢竟這就是我選擇的〈騎士道〉。」

愛德懷斯方才提到，自己想以這把劍達成什麼樣的目標。

對一輝來說，他的目標便是親口將黑鐵龍馬鼓勵自己的那句話傳達給別人。若是他碰上一個人就像曾經的自己，即將放棄自己的可能性，一輝想告訴對方：「人只要不放棄，什麼都辦得到。」

他只是達成自己對自己的劍所立下的誓言。

愛德懷斯不需要為此向自己道謝。

因此，一輝神情柔和地請愛德懷斯抬起頭。

「但假如愛德懷斯小姐認為欠我一份人情，我有一個請求。」

接著他的表情轉為嚴肅，凝視著愛德懷斯銀灰色的雙眸。

「是什麼請求呢？只要是我能辦到的，儘管說。」

「史黛菈現在為了超越自我，正在努力奮戰。我也不能在這裡發呆浪費時間。期限一分一秒逼近，為了從歐爾・格爾手中保護史黛菈的故鄉，我也要盡可能增進自己的實力，不然等史黛菈成功變強回來，到時我可沒臉見她。」

雖說當時是為了保護法米利昂軍，但他仍然敗給了〈B・B〉。

現在不只有史黛菈一個人需要修行。

自己也不能繼續止步不前。

他在決戰來臨之前，必須讓自身的力量更上一層樓。

因此——

「是否能請妳教我劍術？」

自己的劍術是竊取〈比翼〉的劍術而生。

要讓自己的劍術登峰造極，最重要的便是更加仔細鑽研整套劍術的原型。

現在正是千載難逢的好機會。

他絕不能錯過這次良機。

因此一輝拜託愛德懷斯，希望她務必讓自己在最近的距離觀察她的劍術。

愛德懷斯聞言——

「……原來如此，當然沒問題。不過…………我覺得其實沒有這個必要。」

她露出略帶困擾的微笑，微微歪了歪頭。

「咦？為什麼沒必要？」

「我之前已經親自到會場觀看一輝和史黛菈的比賽。」

「您當時在現場嗎!?我完全沒發現……」

「平時的一輝一定會察覺我在現場，你當時就是如此專注在眼前的對手身上呀。那真是一場非常出色的比賽。我見識過一輝的劍術，所以請讓我做出評價——你我在技巧上的差異並不大。」

一輝聞言，露出不可思議的表情。

「怎麼可能……」

「差距當然存在，但是並沒有大到十分誇張的程度。你的劍術也已經踏入超人般的領域。而當一項技術越是登峰造極，越要花上更多時間才能更進一步成長，成長的幅度也會越來越小。一輝接下來的目標是與〈傀儡王〉一夥的戰鬥，但即使你將劍術提升到與我同等的境界，實力上也不會提升多少。」

愛德懷斯抿了口咖啡，繼續說道：

「一輝一開始確實是模仿我的劍術，但你學到的劍術已經與我的劍術大不相同，逐漸成熟，開始成為只屬於你的東西。尤其是……為冠軍賽畫下句點的最後一刀，可說是僅屬於你的極致。事到如今還要在你的劍術重新染上我的風格，反而不合理。」

一旦這麼做，甚至會使一輝的劍術更晚成形。

因此——愛德懷斯說道：

「所以……**我認為一輝現在應該鍛鍊其他地方**。」

「其他……您是說劍術以外的地方嗎？」

「是的，一輝還有一處最關鍵的部分還不成熟。而我與一輝在這方面的差距可說是天壤之別。」

「那、那究竟是什麼!?」

一輝雙手撐在桌上，急切地追問。

愛德懷斯對此……則是緩緩推開椅子站起身，對他說道。

「請跟我來。我帶你去我的祕密訓練場，到時候再為你解說。」

◆◇◆◇◆

「跟得上嗎？小心一點，別掉下去了。一掉下去必死無疑呢。」

「我、我明白！」

一輝答得有些勉強。

但這也是當然的。

兩人現在沒有綁安全繩，直接攀在幾近垂直的岩壁上，準備前往愛德貝格的山頂。

越是接近山頂，山勢就更加險峻。

一來到九千公尺以上的地段，無論哪條路線都形同峭壁。

他們只能以四肢攀爬岩壁上的些許凹凸，一步一步爬上山。

然而這些凹凸地方經過低於冰點的冷風吹襲，表面覆上一層冰霜，光是支撐就吃盡苦頭。

這條路明明如此艱難——

（這個人真的是人類嗎……）

愛德懷斯領著一輝，沿著結凍的岩牆輕而易舉地攀上山去，彷彿只是在爬樓梯。一輝方才見愛德懷斯煩惱自己習武的意義，原本感覺她平易近人，現在似乎又隱隱拉開了距離。

就在此時——

「！」

一陣強風襲向一輝兩人。自兩人開始攀岩登山，已經經歷第六次如此猛烈的強風。

高度超過九千公尺。

這片藍天不存在任何阻礙，因此此處颳過的強風就如同寒冰暴風，所及之處全都為之凍結。

那怕是指尖稍微滑開冰冷的凹凸處，暴風會在瞬間吹飛身體數十公尺，最後只能從半空中頭下腳上墜落。

但〈落第騎士〉還是有兩把刷子。

暴風大約維持一分鐘。他勉強撐過這段期間，立刻開始攻頂。

他不斷向上攀爬岩牆，雖然落後愛德懷斯非常遠，但經過兩個小時之後——

一輝總算抵達愛德貝格雪白的山頂之上。

「呵、呼啊！哈、呃……！」

一輝上氣不接下氣，四周的環境幾乎是同時耗損他的身心。

愛德懷斯見狀，卻語帶喜悅地對他說道：

「爬上這種地方果然很累吧？」

「是、是啊，唔，是有一點……」

「不過你似乎只有氣息亂了一點，代表你順利『適應』這樣的環境——很好，至少要達到這種程度，才有辦法進行這項特訓呢。」

「也就是說，這裡就是特訓地點嗎？」

「是的。愛德貝格的山頂，這裡是地球的最高處，正適合重新鍛鍊你尚未成熟的部分。」

標高九千三百五十公尺，〈劍峰〉愛德貝格的山頂是……寒冰。這裡的氣溫長年維持在冰點之下，寒氣風暴更是不曾停歇。氣溫與強風將這塊永久凍土琢磨成鋒利的刀尖。

愛德懷斯撫上刀尖的下方，開口指出一輝的不足之處：

「方才我也提過，一輝的劍術已經趨近完美，再繼續集中鍛鍊劍術，恐怕不會有多少進展。但是另一方面……你**使用魔力的方式**仍尚未成熟，距離完美還有很大一段空間。」

「您是說、使用魔力的方式嗎……？」

「你很意外我會指出這一點？」

「……是。」

「我想也是……事實上，你的魔力控制十分出色。你藉由高度專注力強行破壞人類的生存本能，拖出原本無法動用的魔力；更精準操控這份魔力，將原本僅有數倍的強化倍率提高到數十倍、數百倍。由於你原本的魔力總量過於稀少，不但無法通過教育機關的測量，更無法進行學校的訓練，居然還能鍛鍊到這種地步，這讓我極為佩服。」

日本聯盟分部在魔法控制的訓練與測量方面，建議使用魔力為黏土塑形。不使用雙手，單靠無形無色的魔力將黏土捏成特定形狀。

以〈深海魔女〉(Lorelei)黑鐵珠雫為例，魔力控制傑出的騎士甚至能捏出和一輝極為相似的模型；能力普通者頂多捏出星型、三角形一類單純的圖案；魔力控制方面極為拙劣的人只能做出類似梅干的成品，形狀非常難看。

一輝的成績甚至遠低於最後一種。

因為他要是直接以魔力干涉物體，他稀少的魔力總量沒過多久就會變得空蕩蕩的。

魔力是伐刀者與生俱來的特質——換句話說，一輝在不使用〈伐刀絕技〉的情況下，能量轉換效率特別低劣。將魔力當作無特定方向、無形無色的能量去消耗，這種使用方式十分浪費能量，一輝沒有餘力支撐這種消耗。也就是說，他沒有能力完成整套訓練或測量。

然而，〈落第騎士〉並不允許自己在能力範圍內有未盡之處。

即便學園不承認，他還是獨自鑽研出**打鬥所需的魔力使用方式**。

一輝能將自己原有的強化能力提高至數百倍，所以他只有打鬥方面的魔力控制可以與珠雫並駕齊驅。

他本人也對於這方面頗有自信。

因此愛德懷斯的批評讓一輝相當吃驚。

不過愛德懷斯其實相當讚賞一輝的魔力控制，給予他正確的評價——

「但是你的魔力控制能力與你在劍術方面的成熟度相比，其實還相當普通，只維持在優等生的境界。」

「！」

「請你看看這個。」

愛德懷斯說著，又向上爬去，讓愛德貝格的尖端位於她腰間。她雙腳站在冰面的些微凹凸上——全身散發如白焰般的魔力光芒。

魔力的光輝濃密到肉眼可見，這是——

「我現在模仿你的〈一刀修羅〉，塑造出當時的魔力狀態。

魔力其實類似火焰。

火焰外表燒得旺盛，實際上卻不帶任何熱度。魔力亦然，這種狀態的力量其實不如外觀強勁。

魔力的猛烈外觀是源自於**能量的分散**。

——靜靜燃燒的藍色火焰擁有最強的熱度。

魔力也是異曲同工之妙。」

「這是……！」

愛德懷斯語畢，身上的魔力光輝產生變化。

白焰原本劇烈噴湧至體外。

此時搖曳的外焰漸漸轉小，最後轉變為朦朧的微光覆蓋全身。

她減弱身上的魔力？

不、並非如此。

「維持原本的魔力輸出量，但將魔力壓進體內……？」

「沒錯。榨取原本無法動用的力量，燃燒殆盡，但只有這種程度還不夠。

重點在於如何駕馭這股猛烈的靈魂之火，**使其在體內發揮最大效用**。

一輝這類體能強化系的魔法特別需要注重這一點。

但太過專注於控制魔力導致行動遲鈍，反而本末倒置。

你必須維持以往操控身體的高精準度，同時節制魔力的浪費。

你必須擁有同時進行這兩項動作的專注力。

普通特訓恐怕無法在六天內鍛鍊出如此高度的專注力。

但是，換成這裡——愛德貝格，那就另當別論……！」

「什……！」

驚呼出自一輝口中。

愛德懷斯將全身熾烈的魔力壓進體內後，將食指放在愛德貝格的尖端上，直接抬起身軀，以食指倒立在山頂上。

「〈劍峰〉愛德貝格的尖端是由永不融化的永久凍土為底，以長年吹襲的寒風日夜鍛造而成，彷彿是一把星之劍。這把劍能輕易斬鋼截鐵，那怕對象是伐刀者，只要空手摸上尖端必定會出事。你必須維持足以觸摸尖端的魔力輸出量，同時暴露在這片天空的暴風之中，保持全身平衡。想同時掌握精準控制身體與魔力的技術，這是最好的方法。」

而這正是一輝現在最需要的訓練內容。愛德懷斯解釋道。

一輝只要能維持這個姿勢一個小時，實力必定會突飛猛進。

「……想嘗試一下嗎？」

愛德懷斯輕巧一翻，恢復原本的姿勢，並且開口問道。

一輝一開始就決定好答案了。

◆◇◆◇◆

當然。

愛德懷斯聽見一輝的回答後，便將山頂讓給一輝，回到家中。

一輝獨自留在山頂上，先是輕輕觸摸〈劍峰〉的尖端。

「唔……」

指腹只是微微觸及尖端，立刻皮開肉綻。

這山尖確實極為鋒利。

天空的暴風鍛造而成的星之劍。

這句形容絕非誇大其辭。

這個地方……或許帶著某種**詛咒**。

如同長年殺人浴血的武器，刀身會附上怨念。

又像是經年累月受人崇拜的偶像，其身帶有祝福。

（就算只有一瞬間鬆開魔力，尖端都會立刻刺進骨頭啊。）

一輝收斂心神，提高體內的魔力。

魔力原本是用於伐刀絕技——也就是魔法的燃料。

但是魔力本身也能呈現為無色的能量體。

魔力最廣為流傳的現象，就是伐刀者特有的物理衝擊防禦能力。

伐刀者全身包覆魔力之後，能對於不帶有魔力的衝擊發揮強大的防禦力。

甚至子彈直接命中身體，頂多只會造成瘀青。

利用這股力量——確實有可能站立於〈劍峰〉之上。

「————」

一輝全身釋放魔力。

強烈想像將魔力壓進體內，不讓其向外流失。

他保持這個狀態，再次觸摸〈劍峰〉的尖端。

皮膚完好如初。

這麼做行得通。他這麼做出判斷後——

「呼……」

一輝以一根指頭支撐，抬起雙腳倒立。

下一秒，他的表情浮現痛苦與焦急。

（這、這是……如我所想、不、是比我預想得還要困難……！）

是風。

愛德貝格為地面最高峰。

也就是說，愛德貝格上方全是暴風圈，凶暴的氣流通行無阻。

強風從四面八方吹來，毫不間斷。他必須時時刻刻防備陣風，隨時移動重心維持姿勢。

這實在困難到極點。

一輝的祕劍中，就屬〈圓〉需要最精細地掌控身體。現在這個舉動的難度居然能與〈圓〉相提並論。

只要重心偏離一分，一切就無法挽回了。

而且更困難的就是控制指尖的魔力。

愛德貝格的尖端非常銳利，一定要覆蓋魔力做為盾牌才有辦法觸摸。

但若是只從指尖放出魔力，身體就會被自己的魔力彈開，無法保持平衡。他必須維持足以對抗星之劍的強大魔力，又不能釋放過多，將剩餘的魔力保留在體內。必須在極限的環境中同時掌控身體與心靈。

若非如此——

「……！」

下一秒，空中的強風忽然轉為極弱的微風。

風的力道一變，自然得將重心移往適當的位置上。

更別說他現在只用一根指頭接觸地面。

一輝急忙打算拉回重心，但就在這一剎那——

「糟……」

他被姿勢拉走注意力，魔力調節微微鬆動，魔力頓時湧出體外。

一輝的魔力隨即彈開自己的身體，將之拋向九千公尺的高空。

身體當然維持雙腳朝上姿勢摔向地表。

他伸出手，但身體被風推離岩壁，無處可抓。

再這樣下去——他會直接撞擊地面死亡。

不過——

「〈陰鐵〉——!!」

他的判斷極為迅速。

〈落第騎士〉跨越無數生死一瞬間，面對這般危險也能冷靜找出最佳解決手段。

他顯現出自己的靈裝〈陰鐵〉，解開柄繩，並將〈陰鐵〉拋向岩壁。
刀身深深刺進岩壁，手中的柄繩隨即拖住一輝的身軀。
接著一輝利用鐘擺原理靈活攀上岩壁，平安解除危機。
但是他的心中沒有安心。
「唔……」
胸口只有滿滿的不甘心。
別說一小時，他甚至撐不過一分鐘。
但是──
（想同時學習操控身體與魔力，的確沒有比這更好的修行方式……！）
這項訓練極為合理。
只要在這片天高地遠的極境中順利掌控自己的身心，他或許有辦法在戰鬥中操縱〈一刀修羅〉的魔力，並將其保留在體內。
至今只能隨風飄散的魔力也可以善用於攻擊中。
最後，假如一切順利的話──
（我所有的伐刀絕技將會更上一層樓……！）
甚至以〈一刀修羅〉發揮出和〈一刀羅剎〉同等的強化威力──

「——！」

一輝面對眼前確切的進化癥兆，心中激昂不已。

當然，完成這項修行絕非易事。

他甚至無法將魔力穩定調節成倒立於刀上的微小程度。

自己必須擺脫生存本能，卯足全力才能成功施展〈一刀修羅〉。現在的自己要想掌控〈一刀修羅〉狂暴的魔力，簡直痴人說夢。

但相對的，一旦成功達到目標，成果將會超乎想像……！

既然如此——

（我就拚一把……！絕對要在代表戰之前掌握這項技巧！）

一輝下定決心，再次開始攀岩，爬向山頂。

◆◇◆◇◆

來到愛德貝格的第一天即將進入深夜。

雲塊與陣風互相衝撞，為第五營地颳起了暴風雪。

冰雹猛烈地飛舞著。

在這陣風雪之中，〈紅蓮皇女〉史黛菈．法米利昂陷入意料之外的苦戰。

「吃我這球！青春．爆發．〈鬥魂殺球〉！」

「呃啊！」

四名相同長相的男人拉開固定距離，包圍史黛菈。

其中有兩名男人身穿排球球衣，體格較壯碩的一方以魔力製作出排球狀的光球，朝著史黛菈扣球。

光球急速撞向史黛菈，引發手榴彈等級的爆炸。

史黛菈受爆炸直擊，腳下一陣踉蹌。

另一名穿著足球球衣的瘦弱男子無情地追擊。

「快點倒下吧！〈榴彈射門（Grenade shoot）〉!!」

「唔、呵呃！」

足球大小的魔力團塊直接深深栽進史黛菈的心窩。

這記魔力團塊雖然不像剛才的排球一樣會爆炸，重量卻超過鐵球。

這一擊恐怕超過一百公斤。

他的能力或許是為自己的魔力增加質量。

「唔……這混蛋！」

遠距離的魔法戰可是史黛菈的拿手好戲。

她當然不會一直被壓著打，立刻——

「少給我得寸進尺啊啊啊啊啊！」

出手反擊。

將魔力化作熱能，從全身一口氣向外釋放——

「〈暴龍咆吼(Bahamut Soul)〉——!!」

轉瞬之間，熱浪燒灼夜幕，引發爆炸。

史黛菈身邊的四個男人瞬間遭到吞沒。

——本應如此。

但是熱浪在逼近男人的那一刻，隨即灰飛煙滅。

史黛菈見到自己的攻擊莫名消失，不禁困惑。排球球衣男子趁機再次朝著史黛菈扣出殺球。

史黛菈下意識往旁邊一跳，躲避攻擊。不料——

「喔喔喔！小妹妹，才不會讓妳逃走咧！〈雙倍狙殺投手砲〉!!」

四人分別在對角線上預備。其中一名穿著棒球球衣的胖壯男子揮動球棒，將飛來的魔力球再次擊向史黛菈。

魔力球以非比尋常的速度撞向史黛菈，引發比剛才更巨大的爆炸，將她的身軀炸飛十公尺左右。

不過——

「這、這點程度……！算不了什麼！」

史黛菈的優勢就是耐打。

她在撞上身後岩壁的前一秒。

在空中輕輕一翻，重整姿勢，踏上岩壁。

接著使勁一蹬，朝著球棒男展開突擊。

〈妃龍罪劍〉的劍尖刺出，直指頭盔護住的眉間。

史黛菈將全身重量賦予劍身，這一刺足以刺穿對方的身軀。

她確實在劍上灌注全身的力道。

但是——刺擊卻彷彿刺中看不見的牆壁，一股力量猛地彈開攻擊。

彈開時的手感堅硬得不可思議，根本無法貫穿。

「唔、為什麼……！」

……從剛才開始一直都是這種狀況。

史黛菈的斬擊、魔法，所有攻擊全都受到看不見的力量阻擋，完全無效。

到底是為什麼？史黛菈腦中一片混亂。

「沒用、沒用！主審絕不會允許這種違反『運動家精神』的行為的啦！」

四人的攻擊毫不留情，如驟雨般傾瀉而下。

超重量的魔力球，以及會爆炸的魔力球。

兩種類型交替而成的波狀攻擊，一點一滴削減史黛菈的體力。

史黛菈的神情漸漸看得出疲勞。

但是這疲勞不只是出自戰鬥的損耗。

「看吧，給我說中了。」

多多良在高處望著史黛菈的苦戰，語氣滿是無奈。

「不先『適應』就亂搞一通，當然會累死。」

沒錯，史黛菈大量消耗體力的原因。

大部分都不是因為戰鬥中受的傷，而是她從早到晚不停戰鬥，身體已經極為疲倦。

對手多達五十人以上，而且他們準備挑戰〈比翼〉，全是個中好手。

她一個人傻傻地正面迎擊所有人，當然會疲憊。

尤其史黛菈的魔法雖然強大，〈巨龍的代謝機能〉卻會消耗大量熱量。

熱量的代價十分龐大。

再加上不會融雪的低溫嚴寒、氧氣稀薄。

光是置身於這個嚴酷的環境，就必須消耗熱量來維持體溫，史黛菈要不累也難。

「她完全沒油了，血液流不到腦袋。真是夠了，那四個蠢模蠢樣的傢伙明明就是使用**特殊的結界型能力**，居然還亂打一通。」

身旁的艾莉絲・阿斯卡里德也悄聲同意多多良。

「他們可能是使用因果干涉系的能力，限制結界內的人無法進行『運動』以外的所有行動……『砍不了敵人』、『燒不了敵人』一定也是因為這個能力……」

「不過就團體戰術來說。先限制對手平時的戰鬥風格，使對方陷入混亂。再趁機使用『製作魔力炸彈』、『賦予魔力質量』、『以加倍力道反擊』等能力，以『運動類型』的方式幹掉敵人。戰術本身是挺完善的，但只要稍微動動腦筋，馬上就知道怎麼應付啦。」

「……………嗯。」

正如多多良所言，打破「限制」並不難。

平時的史黛菈應該過不了多久就會發現破綻。

但是現在的史黛菈經歷連續作戰數小時、嚴酷的環境條件，再加上種種要素帶來的重度營養失調，她已經累到連這點小破綻都找不到。

思考的視角變得極為狹窄。

她這種狀態下還繼續承受敵人的攻擊，太危險了。

她現在暫時還保有意識。

然而再不久之後，她就可能因為體力不足失去意識。

甚至連覆蓋身上的魔力都會因此解除。

到時候史黛菈再受到附有魔力的攻擊，恐怕後果不堪設想。

阿斯卡里德心想不妙。

六天後就要面臨與歐爾．格爾的決戰。

史黛菈現在要是身受重傷，最壞的情況可能是她無法**逃竄到最後一刻**。

於是，阿斯卡里德以慣用手顯現出漆黑戰斧。

「妳想幫她？」

多多良叼著巧克力板問道。阿斯卡里德搖了搖頭：

「這我辦不到。只要我想幫助她，〈無瑕誓約〉一定會阻礙我出手。可是……協助對手就不一樣了。現在我可以輕易從後面打暈她。」

然後再趁著史黛菈昏迷的時候帶她回到法米利昂。

這就是寧音的請託。阿斯卡里德解釋道。

多多良聞言，全身發抖，一開口就是譏諷。

「也就是說，這隻母猩猩吹了一堆牛皮跑出法米利昂，卻只能被那群像是大學社團的蠢貨痛揍一頓，連〈比翼〉的衣角都摸不到。一回過神就發現自己在老家的床上呼呼大睡，是吧？嘻嘻嘻，蠢耶——！」

「……這並不好笑。」

「我才沒有笑。」

「嗯？」

阿斯卡里德沒想到會聽見這句回答，吃了一驚。

多多良粗暴地大口咬碎巧克力，發出喀喀聲響。

「我受夠啦——！氣死我了！我不只笑不出來，還一肚子火！」

她猛抓頭髮，氣得直跳腳。

「那隻母猩猩幹麼被那堆○垢混帳揍得慘兮兮啊！憑她的才能，一秒就能幹掉一個還能毫髮無傷好不好！結果居然搞了三十分鐘、三十分鐘耶！她在耍什麼白痴啊!?妳說說看!?」

多多良一邊吐出滿腹的抱怨，一邊心想。

自己是想看史黛菈被〈比翼〉打得落花流水。

史黛菈與自己交手時，彼此之間的實力差距大得令她暈眩。

自己就是想看到那個女人也同樣被欺壓到體無完膚。

她一點也不想看到史黛菈面對這種小兵還陷入苦戰，簡直丟臉到極點了。

這讓自己一股怒火無處發洩。

她這副德行……自己還敗給這種蠢女人，不就更像個蠢蛋？

於是多多良站在斷崖邊──奮力大喊：

「喂、那邊那隻母猩猩──────！妳給我動動腦袋啊──！！**誰說只有球類運動才算運動啊──────！！！**」

「…………！」

這句吶喊為史黛菈毫無氣力的頭腦點燃一瞬火光。

「嘿呀──────！！！」

「──────!?!?」

史黛菈下一秒大喝一聲，一掌拍上最接近的排球男臉上。就是這傢伙打出會爆炸的扣球。

她不使用靈裝，而是空手。

沒錯，這方法可以破解這片結界。

四人將攻擊佯裝成「運動」的形式，自己也在同樣的領域作戰即可。

普通的伐刀者一旦無法使用靈裝與魔法，或許會陷入苦戰。但這點阻礙在史黛菈的體能(Potential)面前根本無用武之地。

實際上，她一掌就把其中一人打飛出愛德貝格。

「不、不會吧……」

「他至少飛了三百公尺啊…………？」

龍的臂力即使空手仍不減威力。

三人目睹這股破壞力發揮在人體上的慘痛結果——

「Gi、Give up——！我們認輸！是我們輸了！」

「沒錯！比賽結束！比賽結束就不能再動手了！這是國際常識呀！」

「來、來吧！我們慰勞彼此的努力，來握個手吧！」

他們立刻高舉白旗，拱手投降。

說到底，這群人不過就是抱著偷雞摸狗的想法，先封住對手的力量再圍毆對手。

他們原本就沒膽量與空手如砲彈、一掌打飛人類的怪物正面對峙。

史黛菈見敵人遲來的投降，只能板著臉說：「我明白了。」，答應和解。

她打從心底讚賞對手的努力──**用盡全力握手**。

「嘎啊────────!!!!」

◆◇◆◇◆

史黛菈勉強擊退登上愛德貝格的百來名敵人。

但是史黛菈的體力消耗過度，只能倚著刺進地面的〈妃龍罪劍〉，不停喘氣。

「哈啊……哈啊……累、累死我了……」

戰鬥與〈巨龍的代謝〉大量耗費熱量。

這種消耗量以非比尋常的速度侵蝕著史黛菈。

原本在遠處觀望的阿斯卡里德與多多良走上前，開口問道：

「還好嗎？」

「還、還好……我沒受傷。」

「看起來已經搖搖晃晃了呀。才幹掉一百個小兵就站不住，笑死人啦。」

「吵、吵死了……又沒辦法，我從今天早上就什麼也沒吃啊……」

史黛菈氣喘吁吁地反駁多多良。

她原本想到山腳下買點食物，卻走不開。

畢竟她的敵人不是一般人，而是伐刀者。

或許有人會趁夜直接跑上山。

又或者，有人可能會像自己一樣，直接飛到愛德貝格頂端。

她考量到自己現在的疲勞，要是太晚出手可能會來不及應付敵人。

從第五營地能全面監視陸空兩條路線，現在離開這個地區風險太高。

但說到她再繼續不吃不喝，能不能撐到最後一天——

（……說實話，可能很困難。）

自己現在已經累到沒力氣點燃火焰溫暖身體。

她就算撐得過今天晚上，能不能度過第二晚還很難說。

「早知道應該先買一堆糧食備著……」

史黛莅心裡一陣後悔，但也為時已晚。

多多良見狀——

「所以我才叫妳動動腦袋啊。這裡到處都是食物好嗎？」

她從圍裙口袋拿出某樣東西，甩到史黛莅臉上。

「好痛！妳幹什——」

史黛莅反射性拿起物品，氣得正打算丟回去。

但是她忽然一驚，停下動作。

多多良丟給她的是巧克力香蕉口味的乾糧。

「妳這是………」

「快點吃。下一批敵人可能隨時會跑上來，別磨磨蹭蹭的。」

史黛菈見到多多良的舉動，一時不知所措。

她剛才還開口給自己建議，她到底想幹什麼？

她好像是在幫自己一把──

「反正猩猩最喜歡香蕉嘛。」

多多良這句多餘的發言一脫口，心中的怒火頓時將困惑燒成焦炭。

「唔、誰稀罕妳的施捨！」

她說著，將乾糧扔向多多良。

多多良隨手接下，傻眼地說道：

「誰會施捨妳啊。這是從妳幹掉的那些傢伙身上摸來的。」

「……欸？──啊。」

史黛菈聞言，這才發現。

眾多挑戰者們在四周東倒西歪，尚未恢復意識。

多多良說得沒錯。不需要特地去山腳買食物，直接搶走這些人的東西就好。

「……！」

雖然這舉止跟山賊差不多，但是她沒餘力顧慮這些了。

自己的燃料已經見底，甚至無力燃起火焰鎧甲取暖。

她再不攝取熱量就要凍死了。

史黛菈催促冷得發抖的身體，從昏迷、無力撤退的傢伙身上搶走糧食，來不及品嘗味道就將食物全都塞進胃裡。

雖然食物分量不足，但史黛菈總算稍微有點熱量暖和自己的身體。

「呼……勉強撐過去了。」

史黛菈鬆了一口氣。

「但是妳還沒力氣繼續下一場戰鬥吧。」

多多良卻從旁潑了桶冷水。

「……！」

「妳再繼續用那種**揮霍**的戰鬥方式，我看根本撐不過明天。今天這群傢伙只是一群弱雞……我們在山腳下還見過〈赤蠍〉跟〈劍狼〉呢。要是下次來的是他們那種等級，妳大概就直接耗盡燃料歸天啦。妳那顆笨到不行的腦袋至少還懂這點道理吧？說話啊？」

史黛菈聽完多多良的批判，不甘心地移開視線。

正如她所說，幾十根小小的乾糧棒根本不足以應付史黛菈的消耗量。

但是她沒必要老實承認，這女孩是特地來嘲笑自己，承認只會讓這女孩更開心。

史黛菈逞強說道：

「……我會想辦法的。」

「想什麼辦法？妳哪來的辦法？」

「煩、煩死人了！妳從剛剛開始到底想說什麼啦！妳不是來欣賞我被揍得慘兮兮的樣子嗎？那就閉嘴，乖乖在旁邊看不就好了！」

多多良不停逼問，史黛菈不禁大吼道。

她的確沒辦法。

但那又不關多多良的事。

多多良見史黛菈怒吼，更是憤慨地咆哮：

「妳那副蠢樣誰看得下去啊！妳明明身懷寶石般的才能卻完全不懂得利用，根本是個『大外行』，看得我滿肚子火啊!!」

「欸……？」

多多良口中吐出意外的發言，頓時讓史黛菈目瞪口呆。

多多良見到她的反應——

「啊……唔～～～～！」

這才察覺自己煩躁過頭，不小心脫口說出真心話，這才羞紅了臉。

——這也太不像以往的自己了，居然會說溜嘴。這真是天大的恥辱、屈辱！

不過……她也總算下定決心。

多多良衝著這口氣，向史黛菈說道：

「總、總之啦！我再繼續看妳耍白痴，絕對會害我壓力大到圓形禿！所以！我現在會徹底把實戰訣竅塞進妳的腦袋裡，教妳怎麼撐過這六天！好好感謝本小姐吧！」

「嗄、嗄啊啊!?」

多多良突然出言打算助她一臂之力。

史黛菈也不得不驚呼出聲。

多多良在剛才的戰鬥中出言相助，又告訴史黛菈哪裡有糧食，史黛菈原本還想她怎麼會這麼好心，沒想到她是來真的。

她到底哪根筋不對勁？

仔細思考自己與多多良曾經結仇，還有她在車內的態度。

史黛菈一頭霧水，她根本搞不懂多多良的舉動。

但不管多多良是基於什麼原因想幫忙，她的答案只有一個。

「我是不知道什麼壓力……不過不行啦。愛德懷斯也說了，我一定要自己一個人撐過去，誰也不能幫我。所以我不能讓妳出手幫忙。」

多多良卻滿不在乎地說道：

「我沒有出手，我只是出張嘴而已。」

「這種歪理——」

「可是我還活著。」

「……!」

史黛菈這才驚覺。

愛德懷斯的〈無瑕誓約〉在多多良大喊的剎那，並沒有介入阻止她。

「剛才那句建議並沒有害我被能力刺穿心臟，代表當時結下的〈聖約〉沒有禁止我提意見。因果干涉系能力強大歸強大，往往都有破綻，剛才那群蠢貨的結界也是一個樣。想破解因果干涉系的能力，不管什麼差勁的鬼歪理都好，硬是從破綻進攻就對了。**對方留下破綻是他自己的錯**。」

「可、可是，就算可以這麼做……」

對方留下破綻是他自己的問題。

無論使劍或魔法，瞄準對手的弱點才是真理。

……但是史黛菈實在不願偷吃步。

因為史黛菈能體會〈比翼〉的善意。

只要史黛菈能在六天內死守愛德貝格，她就願意與史黛菈交手。

愛德懷斯原本並不需要締結這種約定。

憑她的實力，她能輕易當場了結自己的性命。

她即便不動手殺史黛菈，也有千萬種方法能把史黛菈趕回去。

但愛德懷斯還是對她自己的劍立下誓約。

愛德懷斯是出自好意賦予史黛菈機會。

自己真的可以靠這種類似歪理的方式作弊？

自己應該堂堂正正完成約定，才有資格站在愛德懷斯面前，不是嗎？

不過——多多良看著史黛菈猶豫不決的模樣，立刻火大地質問：

「嗄啊？那又怎麼樣？所以妳想靠自己的力量，堂堂正正解決那群蠢蛋嗎？他們可是會跟蟑螂一樣，源源不絕的衝過來。妳跑來愛德貝格，只是為了滿足妳那小不啦嘰的自尊心啊？」

「……！」

「大外行，不要顧著眼前的情緒，搞混妳的目的跟手段。這裡不是妳以前待的比賽會場，妳已經站在戰場上啦。這裡不講求公平、公正，勝負就是一切——**妳無論如何都要達成妳的目的**，不是嗎？」

「——……」

史黛菈聽完多多良的指責……無話可說。

她沒辦法反駁。

「……我的確是搞錯了。」

多多良說得沒錯，自己是為了與〈比翼〉交手才來到這裡。

而她要與〈比翼〉過招，是為了以最快的速度變強。

——為了獲得力量，在日後與那群〈魔人〉的戰爭當中贏得勝利。

這才是她真正的目的。

（可是我現在這副德行，根本沒辦法達成我的目的……）

要是按照自己的方式戰鬥，頂多撐過明天。根本不可能在六天內死守這個地方。

她自己也心知肚明。

既然如此——

（現在沒時間糾結自己那點渺小的面子、自尊心！）

史黛菈再次凝視多多良，問道：

「妳真的能讓我守住這裡六天嗎？」

「這要看妳夠不夠機靈。」

史黛菈聽了答覆，做出決定。

她需要知識，幫助她守住這個地方六天。

既然多多良知道怎麼做，她就沒道理遲疑不決。

她再次正襟危坐……向多多良微微低下頭：

「我不會藉助妳的力量——但是拜託妳，請讓我借用妳的知識。」

◆◇◆◇◆

請讓我借用妳的知識。

史黛菈這麼說著，抬頭挺胸，高傲的她向自己低頭請求。多多良見狀，不由得大口嘆息。

（真是的，我到底在做什麼啊……）

史黛菈會有什麼下場，明明就跟自己無關。

她為了打倒〈傀儡王〉，跑去挑戰〈比翼〉。

……想也知道根本是白費工夫。

人哪有可能這麼簡單就超越自己的極限。

自己居然主動幫助她做這種無謂的挑戰，到底是哪根筋不對了？

但是……多多良可是注重「誠信」的專業人士。

她絕不會把自己說出口的話吞回去。

她將後悔與嘆息一口氣吐出後——

「那就在有人來妨礙之前，趕快開始吧。」

多多良開始評論史黛菈。

她觀看了史黛菈目前為止的戰鬥。

她觀察出不少東西，一一指出史黛菈亟需改進的地方。

「首先……我剛才也說過妳的體能很驚人，妳只要充分運用自己的力量，想從剛才那群貨色手中守住這裡六天，根本簡單到不行。但是現在的妳卻辦不到，為什麼？其實就只是妳太浪費罷了。」

「妳說我的打鬥方法錯了嗎？」

「大錯特錯。妳的浪費分為三個部分，就是這三個部分扯妳後腿，現在就一個一個解決它。」

多多良首先解釋自己的建議方向，舉起一隻手指。

「首先是第一種浪費，妳太浪費『熱量』了。」

「熱量？」

「沒那麼難懂，就是字面上的意思……從〈七星劍武祭〉的冠軍賽推測，妳的魔法應該是以〈巨龍的代謝〉消耗龐大的熱量，換取強大的威力，沒錯吧？」

「……啊、對，沒錯。」

「結果妳從我們爬上這座山開始，一直使用魔法取暖，現在也是。妳這不是等於在油箱上打洞嗎？」

或許這洞不大，但她的燃料確實一點一滴地減少。

想在沒辦法輕易補給的環境打持久戰，絕不能這麼做。

「繼續照妳這個調調用魔法，大概到早上就沒力了。現在就給我住手。」

「唔、嗚嗚～我、我知道了啦……」

史黛菈不情願地聽從多多良的命令，解除包覆全身的熱能鎧甲。

同一時間，標高六千公尺的寒冷夜風撫過肌膚，史黛菈全身冷得直打顫。

「冷死惹……這、這樣就好了吧？」

史黛菈一邊確認，一邊抱著肩膀抖個不停。多多良卻搖了搖頭。

「不對，一點也不好。」

「嗄、嗄啊!?為什麼!?我聽妳的話，已經沒用魔法了啊？」

「是啊，的確沒有用魔法，但是妳抖成那副鳥樣，結果還是不斷在浪費熱量。油箱上的洞還是大開呀。」

「什、什麼意思？」

「身體在寒冷的地方會發抖，這是一種非常常見的生理現象，叫做『冷顫（Shivering）』。當人的體溫降到三十五度以下，全身會自動驅動骨骼肌產生熱能，恢復體溫。不過這玩意可難搞了。骨骼肌會拉動全身百分之四十以上的大肌肉……自然會吞掉大量熱量。」

「啊……」

「這樣一來，不管妳再怎麼降低魔法的消耗量都沒屁用。」

「可、可是、沒、沒辦法啊。我自己又不能控制自己不要發抖……」

「妳有看到我在發抖嗎？」

「……！」

史黛菈聞言，這才瞪大了雙眼。

多多良和自己一樣，穿得並不多，身體卻完全沒有打顫。

「……這麼說來，阿斯卡里德跟一輝也沒有發抖。你們又不像我會使用火焰，為什麼不會冷……？」

「因為我是專業人士。妳們這些大外行跟運動員沒兩樣，別搞錯了，戰場上可不是只有『自己』跟『敵人』，戰場的環境也是很重要的要素，自然要學會如何讓自己『適應』任何環境與狀況。

例如這種酷寒又無法奢望補給的戰場，絕不能放著『冷顫』不管，這是最糟糕的選項。發生『冷顫』時所消耗的能量至少是平時的五倍，妳光是在這種地方站著，沒多久就會變成冰棒。所以……妳得自己控制好才行。」

「可是要怎麼自己控制生理現象……」

「我現在就告訴妳方法。」

多多良說著，朝史黛菈張開雙手。

「欸？幹麼？要抱抱？」

「不是啦，蠢豬！誰叫妳沒事長這麼高！給我蹲下！」

多多良見史黛菈遲鈍地回問，羞恥跟憤怒令她漲紅了臉。她氣得大吼。

史黛菈不懂多多良的用意，一臉疑惑地蹲下身。多多良見狀——

「——呀啊!?」

立刻粗魯地把史黛菈的頭抱進懷中。

「等等、妳突然間的做什麼呀!?妳、妳突然變這麼溫柔，該不會是因為那方面!?」

「給我閉嘴！少在那邊亂猜有的沒的！……安靜點，仔細聽我的心跳。」

「仔細聽……？……啊！」

史黛菈待在多多良的懷中，忽然露出訝異的神情。

史黛菈乖乖仔細聆聽，立刻就發現了。

多多良的胸口，其中傳出的心跳聲十分異常。

「啊、對喔……！**妳降低心跳次數了！**」

多多良點頭同意史黛菈的新發現。

「沒錯。『冷顫』是生理現象，妳很難自己停止這種現象。所以——要直接拔除現象發生的根源。直接將心肺功能降到極限，進而阻止能量供給，降低維持生命活動的層級，防止身體把熱量往肚裡吞。一旦降低生命活動層級，代謝自然會變慢，也沒力氣引發『冷顫』，只能在最低限度內維持生理機能。」

在能自由行動的範圍內將肉體導向半假死狀態，節省能量。

說得簡單點，這很接近哺乳類的冬眠狀態。

「這麼做就能控制代謝。我平常的心跳大概是一分鐘五十下，現在大概降到二十下左右。比這個數字多一點就代謝過頭，少一點體溫會降過頭，提高凍死或昏迷的風險。心跳二十，體溫三十三度，大概這個數字前後就是最佳狀態。」

這個狀態的代謝機能大概只有平時的百分之六十。

史黛菈只要能維持在這個狀態，就可以在天寒地凍的環境下防止體力流失。

她就不會再像今天一樣慘兮兮。

「妳必須優先學會這玩意。不浪費熱量，『適應』這個環境，這是最重要的功課。妳不學會這技術，光是在這裡站上六天就會凍成冰柱，更別提作戰了。」

話雖如此——

「這技術也不是一時半刻就學得來。妳必須先習慣控制心跳，我會『引導』妳，直到妳習慣為止。妳試著想像用自己的心跳配合我的跳動，然後記住控制心跳的感覺，之後自己一個人也、辦得——……!?」

自己一個人也辦得到。

多多良到口的話卻說不下去。

她訝異得說不出話。

（不、不會吧……這傢伙、已經……）

她一回過神，兩個人的心跳完全重合在一起。

史黛菈跟多多良，兩個人的心跳聲完全維持在同樣的時機。

「好厲害！身體真的不抖了！多多良，這樣就好了吧!?」

「呃、對……」

「唉～～～什麼嘛，順應各種狀況控制心跳，選擇體能狀況……現在想想，這像汽車換檔一樣，根本是理所當然呀！為什麼我都沒發現呢？這樣也難怪妳會一直叫我大外行。」

史黛菈慚愧地苦笑，反省自己的幼稚。

另一方面，多多良仍然啞口無言。自己在兒時可是被棄置在雪山內，眼睜睜看著其他姊妹死去，花上一個月才終於練成這項技巧。史黛菈卻只是聽聽原理就做到了。

史黛菈不只魔法優異，武術也相當優秀。

她的體能雖然不如一輝超凡驚人，但她早就學會如何隨心所欲操控自己的肉體。她能主動靠著興奮、放鬆來操控心跳，這件事本身並不值得驚訝。每個人經過訓練都做得到。

但是——將心跳減少到維持生命活動的極限。

這個舉動本身已經超過訓練的層級。

因為這等於是主動靠近、窺視死亡的深淵。

只要走錯一步，不慎讓體溫降到無法自主恢復的程度……人的生命也到此為止。

然而——

「妳……妳不怕死嗎？」

多多良忍不住問道。

史黛菈毫不猶豫地回答：

「怕呀，可是我更怕自己沒辦法以〈紅蓮皇女〉的身分死去。我就是為了這個理由、為了保護重要的人們才來到這裡。所以，多多良，請妳教我。教我妳會而我不會的技巧，告訴我我不知道的所有事、還有我所需要的一切，讓我能繼續保有〈紅蓮皇女〉的驕傲！」

她的雙眸如同鮮紅的寶石，意志的光芒耀眼不已。

美得令人不自覺地屏息——

（……嘖！）

「不過『適應』學得稍微快一點，少得意忘形。妳浪費的還不只這些咧。」

多多良看著史黛菈的側臉，見識到她面臨苦難也絕不逃避，那股燦爛奪目的意志之光——

她居然覺得很美。

多多良故意選擇用毒舌發言來隱藏自己的尷尬。

史黛菈聞言，表情卻更是開朗。

「太棒了！那代表多多良的建議會讓我變得更強嘛！」

——於是從這一天起，史黛菈以驚人的速度吸收「實戰專家」多多良所有的思想與技巧，以及只經歷過正式、公正戰鬥的她所不知道的一切。

「第二種浪費是『時間』。

愛德貝格的山路從三千公尺地段開始，只有一條向上走的螺旋狀道路，凡是徒步登上山都一定會通過第五營地，也就是這裡。應該沒人會蠢到在跟〈比翼〉開戰前攀岩上山，妳選擇在這裡布下防禦陣線並不算錯。

但妳像昨天那樣傻傻站在原地等敵人來，根本是笨到沒有極限。浪費時間。浪費太多寶貴時間的下場——就是得跟那種蠢蛋打鬥。」

多多良說著，從第五營地的入口看向下方的山路。

正確來說，是看著前方逐漸逼近的——一群噪音組成的團體。

那是在山腳下遇見的蓋爾一夥。他們坐在機車、越野車上，排煙管不停噴出黑煙。

『大哥！上次那個小娘們居然在那裡啊！』

『木場他們也不會跑來這裡妨礙咱們——！現在幹掉她們吧！』

『哼，想去就去！不過不能碰那個紅髮女！那是本大爺的獵物！』

『『『咿——哈————!!!!』』』

「那些傢伙居然能騎著機車爬到這種地方來？還真行啊。」

多多良一掌巴上史黛菈的後腦勺。

「好痛！做、做什麼啦！」

「那群渣渣行個鬼，是妳太笨了。」

「欸、我嗎!?」

「妳假如有充分利用妳昨天發呆浪費掉的時間，那群傻子**根本爬不到這裡**。妳的勝利條件是在這個地方擋上六天，換句話說，這是一場『守城戰』。既然如此——」

「對喔!!」

史黛菈隨即理解多多良的言下之意，當場高高抬起腳，往地面使勁一踏。

〈龍震腳(Dragon Stamp)〉以怪力震撼大地。

灰色的山壁立刻震出龜裂，龜裂直線奔向蓋爾一夥人——

史黛菈震垮眾人腳下的地面，**使山路崩塌**。

『『『呃啊啊啊啊啊啊啊啊啊啊啊啊啊!!!』』』

蓋爾等人一個措手不及被捲入崩塌中，從六千公尺的斜坡直接滾下山去。

沒錯，多多良要說的正是這一點。

「我根本沒必要『戰鬥』，只要守住就好了嘛！那我就阻止其他人爬上山就好啦！」

「就是這麼回事。當妳不得不動手，就代表妳輸了這場『守城戰』。」

一開始就不讓他們來到自己面前。這一點最重要。

尤其這次的目的是在特定時間內守住某個地方，取勝的關鍵就在於如何減少特定時間內的「戰鬥時間」。

「先破壞山路的要道就足以阻止那群傢伙進攻。走啦，聽懂了就趕快去毀掉那些要道。」

「…………」

多多良催促道。但史黛菈並沒有回應，直盯著那條被挖空的坡道。

「……？喂，話才剛說完沒多久，發什麼呆呀？」

「啊、嗯，我想說**應該可以善用這一招**。」

「嗄？」

就在此時。

『是〈紅蓮皇女〉!!她果然還在第五營地！』

「！」

蓋爾等人以外又傳來別的男性吼叫聲，震盪高空清澈的空氣。

視野前方，山路繞著山壁外圍一圈又一圈延伸下去，就在另一頭。

山的陰影處有一群人爭先恐後地衝了過來。

那是——

『昨天倒是挺囂張的啊！』

『我們已經看穿妳的把戲了！不會有第二次啦！』

『是妳先動手的！等會兒落得什麼悽慘下場可別後悔啊！』

史黛菈昨天在第五營地擊退的獎金獵人集團。

他們先退到第四營地，重振旗鼓後又再次進攻。

不過他們的去路——通往第五營地的道路已經挖空了一大塊，徹底塌陷。

他們無法直線攻過來。

扣掉能飛天的傢伙，大部分人應該會被擋在另一頭。

那就能輕鬆擊退那群慢吞吞的——

（嗯？奇怪!?）

多多良下一秒見到難以置信的景象，不禁目瞪口呆。

塌陷的山路忽然恢復原狀。

怎麼回事？多多良一臉疑惑。

另一方面，前方的團體直接衝上原應崩塌的道路，奔上第五營地——

——當他們踏上去的一瞬間：

「〈陽炎暗幕（Flame veil）〉——解除。」

眾人腳下的道路忽然消失無蹤。

沒錯，原應崩塌的道路忽然復原，這種奇妙現象——

全都是史黛菈以伐刀絕技——〈陽炎暗幕〉製造出的幻覺。

『『『嗚哇啊啊啊啊啊啊啊啊啊啊啊啊!!！』』』

眾人以強而有力的腳步踏上蓋爾等人的後塵，一腳摔下山去。

後方急忙打算煞車，卻被更後方的人擠下斷崖——

「好耶！再見不送！」

獎金獵人跌進幻覺的陷阱中，幾乎失去戰鬥能力，只能再次撤退。

——就如前述，史黛菈不會一味聽從多多良的指示。

她吸收多多良的實戰知識後，會以自己的方式理解其本質，思考自己該如何做出最佳行動。

史黛菈的積極讓她以不可思議的速度學會利用「環境」或「地形」作戰。學生之間的戰鬥中絕對學不到這些戰鬥方式。

於是，一行人來到愛德貝格的第三天——

「第三種浪費是『餘力』！以百分力打敗只需要十分力就能打贏的對手，根本傻到不能再傻！特別是持久戰，妳的隨便最後會積少成多，變成致命傷！聽好了！贏得輕鬆跟贏得隨便不一樣！面對弱小的對手更不能隨便！既然這種對手能輕鬆打贏，就要找到最輕鬆的方式！這裡省下的『餘力』在緊要關頭就會發揮用處！」

……多多良正想這麼批判，話一到口就堵住了。

「————」

多多良默默望著下方。獎金獵人集團終於與後方的五十名同伴會合，還吸收蓋爾一夥人，總計超過一百人的大型軍團隨即進行第三次進攻。史黛菈則是單槍匹馬面對整個軍團。

她的戰鬥方式已經與第一天大相逕庭。

而且是在多多良提出批判之前。

她不再像第一天那樣飛到空中，或是施放大把火焰。

她以〈妃龍罪劍〉施展劍術，僅僅如此就徹底壓制這群男人。

史黛菈的體術其實也不容小覷，只是因為一輝太過出色，相較之下讓她的印象較為薄弱。

她的斬擊剛強非凡，一劍打敗五個敵人。

她甚至一人給一劍都嫌浪費。

她對多多良的聲音充耳不聞，極為專注，刻意將對手引進攻擊範圍內，以最小的力氣換取最大的戰果。

「─────！」

也就是說，多多良至今指出的問題──「熱量」、「時間」等方向；實戰本身的特質；

史黛菈將其一一咀嚼、吸收、化為血肉──

如今她不需要多多良指正，就能自己察覺錯誤。

自己導正這些問題。

（這學生實在沒有教的必要啊……）

她已經超越學習力強的境界。

所謂的「聞一知十」，就是在形容這種人吧。

多多良見狀，只能一個勁地苦笑。

甚至是──

「真高明呀。她不僅將控制代謝的技巧用在『適應』環境方面，還運用在體術及伐刀絕技上，甚至限制〈巨龍代謝〉耗損的熱量……」

雙色瞳女子──〈黑騎士〉阿斯卡里德站在多多良身邊，一起觀望史黛菈的戰鬥。正如她的低語，史黛菈現在可以隨心所欲操控心肺機能的代謝機制，不只針對環境狀況，還能按照自己的行動、敵人等狀況仔細調整，細膩地控制自己的體能。

以往她只會以同樣的代謝量面對所有敵人、所有狀況。現在完全大不相同。

史黛菈藉此將所有行動的消耗量降到極限，節省能量。

現在的她與抵達愛德貝格之前相比，只需要以一半的熱量操控〈巨龍代謝〉。

結果史黛菈的持久戰力自然提高整整一個層級。

她現在面對比第一天兩倍強的敵人，仍然臉不紅氣不喘。

「……她拜託妳幫忙，是正確的選擇呢。」

「別開玩笑了。」

多多良聽阿斯卡里德這麼一說，一笑置之。

自己根本沒教她什麼。

這些全是史黛菈自己原有的實力。

自己的確教了她如何運用，但那也不值一提。

「她就算沒有我的建議，總有一天也會自己發現。」

控制代謝、運用環境作戰都是。

她戰鬥直覺之優秀，足以讓多多良做出這句結論。

「她就是個天才，資質跟我們完全不一樣。」

短短一個小時。

史黛菈只花了第一天十分之一的時間，就解決掉最後一人。多多良凝視她的身影，心想。

一開始她心中從未升起這股預感。

但是隨著一天一天過去——期待，一點一滴逐漸壯大。

多多良毫不遲疑地承認心中的感受。

「搞不好、搞不好她真的辦得到。」

這趟有勇無謀的遠征之路，多多良始終深信這趟旅程會以極為丟人的無功而返告終。

與世界最強劍士的戰鬥。

這個天才或許能一把獲取自己也從未料想過的結局。

——時間來到隔天，史黛菈一行人來到愛德貝格的第四天。

第三天的慘敗瓦解了整團人。

超過一半的團員已經下山，剩下的成員憑著毅力展開突襲。

這群人大多是先發成員，他們曾在第一天與史黛菈交手。

第一天的優勢讓他們弄錯撤退的時機。

說到底，史黛菈第一天會陷入苦戰，大部分都得歸咎於自己浪費太多力氣。

但是如今的她今非昔比。

史黛菈以有別於以往的細膩，開始掌控寄宿於魂魄的巨龍之力。半毀的烏合之眾沒道理勝過她。這場突襲不如預期，宣告失敗，終究只是在浪費時間。

於是，緊接著第五天。

再也沒有半個敵人登上愛德貝格。

◆◇◆◇◆

「啊～好舒服啊～～～～，好久沒泡澡了，復活啦～」

一行人來到愛德貝格後第五天。

史黛菈距離達成愛德懷斯的約定，只剩下最後一天。而當天夜裡，她收集積雪丟到第五營地旁的岩石陷坑，再以自己的火焰煮成熱水。

打造出即興的露天澡堂。

史黛菈泡在浴池裡，自己施放熱度保溫。多多良泡在史黛菈身旁，不禁低聲碎念：

「簡直燙得跟石頭火鍋沒兩樣……」

史黛菈不滿地鼓起雙頰。

「要抱怨就別泡啊——」

「稍微學會節省能量就開始給我浪費，我當然要抱怨啦。」

「這才不是浪費。我明天早上就要跟一輝會合了，一個嬌滴滴的少女怎麼能用五天沒洗澡的模樣去見人呀。這是必要花費。」

「妳想太多了吧？我以前對某個目標用過美人計，對方倒是挺喜歡女人的汗味啊。」

「不、不，不要把我家一輝跟那種高等級的變態相提並論！」

「也是啊。真要說起來，反而是妳比較喜歡汗味吧。」

「我、我才不喜歡——！我、我才沒有趁一輝不在的時候鑽進他被窩裡——！」

史黛菈莫名開始自爆性癖。多多良瞥了她一眼，逕自靠上岩壁，深深泡到肩膀處。

她也許久沒泡澡，泡起來確實很舒服。

雖說也沒舒服到把省下的魔力跟熱量拿來蓋個澡堂。

（算了，反正今天大概也沒敵人會來……）

一整天沒使用魔力反而會讓感覺變遲鈍，結果也不太好。

這點小運動也能讓感覺保持敏銳。

多多良不再嘮叨，望著滿天星空享受預料之外的娛樂。

良久——

「……我說，多多良啊。」

史黛菈安靜下來，忽然遲疑地向她搭話。

「幹麼？」

她一回問，史黛菈便尷尬地移開視線——

「…………謝謝妳喔。」

接著向多多良道謝。

「嗄？」

「我、我可以撐到第五天，都是多虧有妳。謝謝妳不惜冒著被〈聖約之儀〉取走性命的危險，給了我意見……如果只有我一個人，一定沒辦法撐到現在。所以，謝謝妳，幸好有妳在。」

多多良聽著史黛菈道謝，心中有些不解。

多多良也對阿斯卡里德說過，史黛菈的成長全都是源自於她本來就具備的能力。

她只是不懂如何使用。就如同嬰兒會自然而然學會站立，史黛菈即便沒有自己的建議，也會在這六天內靠自己察覺這些方法。

多多良根本不認為自己幫了她什麼。

不過以多多良的彆扭性格，她當然不會坦率對史黛菈說出這些想法。

「嘻嘻嘻！說什麼蠢話。誰會為妳冒這種風險啊。我可不像妳這頭笨猩猩，我一聽〈比翼〉的解釋，就已經看穿〈聖約之儀〉的缺陷，根本是零風險。不過呢……

妳終於明白自己有多無能，也不錯呀。都是我教得好！妳要是沒有我，早就被那群小兵打得滿頭包，哭著跑回家啦。妳可要好好感謝我啊。」

「妳上次不是這麼說──唔噗……」

阿斯卡里德同樣在一旁泡著澡，多多良噴水堵住阿斯卡里德的嘴。

「我當然很感謝妳呀。」史黛菈說道：

「我回法米利昂之後一定會準備一份謝禮。對了，多多良好像很喜歡巧克力喔？」

「嗄？有嗎？」

「因為妳之前不是吃了一大堆巧克力。送妳『邦妮之家』的一年份免費巧克力招待券，如何？」

多多良興趣缺缺地答道：

「鬼才要咧。我是很喜歡巧克力沒錯，但我不怎麼喜歡免費的巧克力。」

「什麼呀？好奇怪的堅持。」

「與其說是堅持，不如說是我從小到大的習慣。」

「習慣？」

史黛菈不懂這句話的意思，一臉疑惑。這個詞跟剛才的對話有關係嗎？

多多良望著蒸氣冉冉上升的水面，凝視遙遠的記憶，開口答道：

「我出生在名為〈闇獄之家〉的家族裡，這個家族全家都在幹『殺手』。我自出生以來，也是以殺手的身分培育到大。」

〈闇獄之家〉。

其家族歷史長達千年之久。這個家族與〈解放軍〉締結契約以來，一直做為歸屬旗下的殺手，於地下社會最深邃的黑暗之中一路協助〈解放軍〉的行動。

這群人的實力在地下社會中自然是無人能比，生於〈闇獄之家〉或是〈闇獄之家〉招募的人們，從誕生的那一刻起就開始接受修行，將其培養成一流的殺手。

殺人訓練——會動用活教材進行課程；

潛伏訓練——教導其隱姓埋名，行走於社會陰暗處；

耐拷問訓練——訓練其忍耐各式各樣的嚴刑拷打，死也不能洩漏雇主的情報。

適應訓練——在沒有衣物、沒有食物的狀況下，在零度以下的雪山存活一個月。

最後是挑選——他們被關在密室裡，與其他同甘共苦的姊妹互相殘殺，直到剩下最後一個人。

她就這樣經歷了各種訓練。

「我們根本沒有娛樂。所有的時間都耗費在訓練上，只為了成為一名優秀的殺手。所以我們沒喝過母奶，不知道母奶的味道。從嬰兒時期就受到嚴密的營養監控，三餐只有乏味的營養劑或高蛋白。飯就已經難吃到極點了，每三天還會摻一次毒，真的很讓人吐血。」

多多良心想。一回想起來，那個地方真是奇爛無比。

© Won

「……那時候的每一天都快把人搞成瘋子。唯一的樂趣，就是當我們順利完成工作之後，可以得到一顆巧克力當『獎勵』。」

那只是一顆又小又便宜的巧克力。

這種東西對日本的小孩來說稀鬆平常，更不會對此有任何感慨。

但是對當時的她們來說，這顆巧克力是生存的動力。

在那段如同煉獄般的日子裡，在口中緩緩擴散的甜味就是她們的快樂。

「所以對我來說，巧克力比較類似工作報酬，是勞動的代價。別人免費送給我，我也不會開心啦。」

「是、這樣啊……」

地下社會，自己的常識與道理無法觸及的世界。

史黛菈聽見活在其中的人描述其殘酷之處，只能啞口無言。

多多良繼續說道：

「我還有比巧克力更想要的東西。妳真想向我道謝，就送我那玩意吧。」

「那是什麼？」

「〈惡之華〉的狗命。」

「……！」

「那傢伙是我的目標，把她的命讓給我。」

「……聽說那個襲擊父王他們、名叫〈惡之華〉的伐刀者，好像是跟妳同門的

『殺手』？可是她背叛妳們的組織，殺光所有『殺手』，只有妳活下來。」

史黛菈從母親——阿斯特蕾亞口中聽來這段故事。

多多良點頭承認：

「對，父母、其他的姊姊們全都死在她手上。〈闇獄之家〉只剩我一個人，所以我一定要殺了她。」

「妳想報仇，是嗎？」

「嗄？才不是咧。」

「欸？」

「那些混蛋掛在路邊也不干我的事。不就是擅自買賣他人性命的賤狗們，死得悽慘只是剛好而已。我對他們沒什麼親情可言……不過，那個混蛋大姊好死不死居然敢對客戶下手。我身為〈闇獄之家〉的『殺手』，必須親手宰了她來收拾善後。不然放著她到處亂跑，可能會影響〈闇獄之家〉的信譽。」

「殺手」是世界最上最需要信譽的行業。

身為專業人士絕對不能傷了信譽。

組織的餘孽就要由組織的人自己收拾乾淨。

多多良這麼解釋道，但史黛菈仍然對她拋出疑問：

「……可是從剛才的話聽起來，多多良也不是自己喜歡才當『殺手』嘛，只是自然而然就做了殺手。」

「那又怎麼樣？」

「那妳沒必要這麼盡責吧？那種家族……只願意賦予一顆巧克力、這麼一點點幸福給妳……反正已經沒有人會束縛妳了，妳可以自己選擇要怎麼過活呀……」

這些話裡也包含史黛菈自己的願望。她希望多多良能金盆洗手。

兩人一起相處了幾天，雖然她還是覺得多多良很討厭，但也不到「邪惡」的地步。

她活在陰暗處，卻與歐爾・格爾等人完全不同。

既然如此，她不希望多多良繼續做那些骯髒事。

多多良聞言——

「當然是因為——我是專業人士。」

她答出心中無可動搖的理由。

她的確不是心甘情願選擇這個工作。

她懂事以來就已經是個「殺手」。

她對別人無恨無愛，只會用金錢來衡量一個人的性命。就是一條下賤的野狗。

「……但不論我怎麼踏上這條歪路，我還是一路靠買賣別人性命的錢混飯吃。現在只因為家裡倒了就想當個正常人？這太丟臉了，我不幹。」

多多良覺得這行為很卑鄙。

就算她是逼不得已，她還是曾經為了那入口即逝的甘美、那渺小到不行的幸福，奪走他人的性命。

她無法抹滅這個事實。

那她該怎麼辦？

她有兩條路可走。

一是贖罪。

但她辦不到。

她對於殺人這件事，原本就沒有一絲罪惡感。

她有生以來，沒有人教導她這種倫理道德。

沒誠意的贖罪只是在藐視受害者罷了。

那她只剩下一條路可行。

「我想活得像條路旁的野狗，死也要死在路邊。

我直到最後一刻，都要活得像〈闇獄之家〉的『殺手』。

只要貫徹到底……我大概也能稍微對這份卑賤的工作感到自豪吧。」

她沒有生而為人的「名諱」，只是一株無根浮萍。

她只能為了殺人借用他人的「名字」，無名的人生。

那麼她也不想苟且偷生。

無人認同這種生存方式也罷。只要她在死前的那一刻回想自己的人生，自己可以接受這一切就夠了。

「所以我一定要殺了〈惡之華〉，誰也不能妨礙我。」

「……」

多多良的自我十分堅定。正因為她沒有名字，只能假借他人的姓名，她這份心願更顯強烈，執意貫徹自己的無名之道。

這早已脫離善惡的範疇。

這名少女已經設定好自己的道路，親手打造了自己的靈魂。

那就不能扭曲她的一切。

他人的三言兩語不可能動搖她的意志。

──就如同史黛菈・法米利昂無法捨棄〈紅蓮皇女〉之名。

史黛菈明白了一切後──

「我決定了！」

她忽然站起身。

「突然間搞啥啊？」

「我是說妳的謝禮！等這場戰爭結束，我要在皇宮舉辦勝戰紀念宴會！然後我會在宴會上請妳吃『邦妮之家』的超大巧克力蛋糕！」

「妳這豬頭，根本沒聽懂我說的話吧。」

「這可是特別商品喔！只在十年前的〈聯盟〉首腦會議推出過，一般客人絕對買不到！那蛋糕真的超大、超好吃！誰叫妳要選擇當『殺手』這種可疑到極點的工作，假如妳錯過這個機會，這輩子就絕對吃不到啦！」

「所以妳到底想說什麼……」

「妳不能輸喔。」

「！」

「妳要是死掉了，我就哭給妳看，大哭特哭！然後我會幫妳辦一場前所未有的盛大國葬。醜話說在前頭，我們國家的國葬可是吵鬧到不行呢。這種死法對妳來說一定惡劣到極點。所以——妳絕對不能輸。」

鮮紅雙眸直視著自己。

多多良能肯定，這雙眼瞳的光輝絕無虛假。

這個女孩沒有說謊，她一定會大哭。

她會真心哀悼自己這種惡人。

這的確是——

（最惡劣的死法啊。）

一個「殺手」死去時，絕對不能有人為她惋惜。

既然如此——

「妳要我說幾次？我可是專業人士，誰會掛在那種大外行手上啊。」

我才不要死得那麼難看。多多良咧嘴一笑，並且起誓。

宣示這場戰爭的勝利。

◆◇◆◇◆

多多良誓言自己的勝利後，「先不提我啦。」臉上的堅定笑意頓時轉為壞笑，說道：

「妳先擔心自己吧。妳明天就要跟世界最強的劍士互幹了耶？就算最後如我所想，〈比翼〉好心留妳一命，之後還有〈傀儡王〉在等著妳……妳先去交代人準備剛才說的特製蛋糕好吧。妳死不死不干我的事，但是我可受不了有人放我鴿子，嘻嘻嘻。」

「不需要，我才不會放妳鴿子呢。」

史黛菈不悅地反駁多多良，「啊，對了。」此時她神色一轉，像是忽然想起什麼事，看向阿斯卡里德。

「阿斯卡里德，妳之前說過……妳是歐爾・格爾的姊姊對不對？」

「……是。」

「然後你們現在互相敵對，是嗎？」

「……嗯。」

「妳可不可以告訴我，為什麼你們會互相敵視？接下來的代表戰，我們好歹要同心協力作戰……我想先知道妳戰鬥的動機。」

「…………」

阿斯卡里德需要一小段沉默，才能回答史黛菈的疑問。

她需要時間做好心理準備。

「我是為了……贖罪而戰。」

「贖罪、嗎？」

「是，這是我活下來的動力。從那一天起，一直都是這麼活過來……」

於是她開始循根源回想，自己後悔的起點，那段罪惡的記憶——……

◆◇◆◇◆

歐爾・格爾與艾莉絲・格爾。

這對姊弟出生在法國的一處農村，雙親經營一間小小的餐飲店。

父親可靠，母親溫柔。

他們並不富裕，也不貧窮，只是一個隨處可見的普通家庭。

兩人在這個家裡度過了無憂無慮的童年。

他們接受的管教可圈可點，不會讓人產生半點扭曲。無微不至的愛情包圍兩人。

多虧父母的教育，村裡的人都對這對能幹的姊弟讚嘆有加。

尤其是弟弟歐爾・格爾，他的個性敏銳、外向，不只討同齡玩伴喜歡，從大到小都十分喜愛他。他從小就展現優秀的伐刀者才能，是村裡的風雲人物。

內向的艾莉絲總是認為弟弟十分耀眼，卻也為他感到自豪。

但是——這一切都是誤會。

因為艾莉絲的弟弟生而為人，靈魂卻異於常人。

惡魔。

他的真面目就是一隻狡猾的惡魔。

無論對惡魔灌注多少親情，仍無法去除他的邪惡。

他的靈魂自出生開始就已經汙濁不堪。

雙親的教育只是賦予惡魔智慧。

教導他如何隱藏自己扭曲的靈魂。

……現在回想起來，那個景象令她毛骨悚然。

這孩子居然**能表現得讓所有見到他、認識他的人都喜歡上他**。

弟弟恐怕是在演戲，讓自己能配合任何人。

惡魔模仿著人類，虎視眈眈地累積他人的信任。

他越是期待更大的毀滅，就越要將積木疊得更高、更大。

就如同無法避免的劇變理論。

但是誰也沒有察覺這一點。

父母、甚至是自己這個形影不離的姊姊，誰也沒發現。

他曾經是父母引以為傲的兒子。

他曾經是姊姊自豪的弟弟。

他們以前是那樣喜愛著他。

所以他們才沒有察覺異狀——直到那悲劇的一天的到來。

歐爾・格爾迎接十歲生日的那一天。

人們在村裡的教堂中為他舉辦生日宴會。

弟弟接受全村的祝福，**展露他人從未見過的喜悅笑容**，這麼說道：

——謝謝你們，我是這個世界上最幸福的人。

有這麼多人深愛著我。

有這麼多人為我祈禱，希望我能獲得幸福。

所以，我決定讓今天成為我人生中最棒的日子——

於是，惡魔的瘋狂宴會正式展開。

他以自己優異的能力奪走所有村民的自由，將他們關進教堂中，一個一個玩壞所有人。

每一個人遭遇的手法、順序全都不一樣。

傷害部位的順序、方法，甚至所有細節，沒有人是相同的。

他恐怕平時就在不斷思考這些手法。

一邊偽裝成常人，一邊思考如何傷害眼前的人類，盤算著如何一次帶給一個人最多的絕望。

緊緊封閉的教堂中，一開始滿是怒吼，接下來是慘叫，最後只剩下無力的求饒。

在這腥臭到令人反胃的血海之中，歐爾·格爾始終一臉陶醉地凝視著這瘋狂的一切。

歐爾·格爾的表情，不同於他至今那些討人喜愛的可愛笑容。

不同於那些為了深入人心、博取好感，刻意露出的微笑。

他實在太開心、太愉快，完全無法壓抑臉上的歪斜。

那張狂喜的滿面笑容，甚至讓他的五官扭曲變形。

此時艾莉絲終於明白。

她看見那張非比尋常的淒厲容貌，心想：

這個生物，根本不是人類。

他自出生以來就懷有無法融入人群的價值觀——他是惡魔。

不然他為什麼能在這片地獄之中，露出如此滿足的表情？

「……於是，等到教堂中只剩下姊弟（我們）兩人存活時……外界的人終於察覺異狀，發現從一週前開始，所有村民都不見蹤影。他們帶著警察闖進教堂，為這場惡魔饗宴拉下布幕。那傢伙操縱我的身體，讓我跟警察部隊發生衝突，再趁機逃走。而我則是因為自己的能力保住一命，受到政府保護。」

這起大量隨機虐殺案件名為〈浴血十字架〉（La Croix Sanglante）。由於案件本身過於殘忍，〈白翼宰相〉憂心這起案件會影響全體伐刀者的社會地位，因此全面封鎖此案件的相關消息。阿斯卡里德對史黛菈、多多良描述自己親身經歷的慘劇……恐怖與絕望的記憶仍然深深烙在靈魂上，隱隱作痛，令她渾身顫抖。

「我已經失去了一切，村子、家人、好友……存活下來的我……只剩下悔恨。假如我更早察覺那傢伙的真面目，或許就不會發生那種事，或許誰都不會死……但是這悔恨來得太遲，而且無濟於事……」

阿斯卡里德不曾遺忘。

所有村人死去時的痛苦表情、自己親手傷害父母時的絕望；

以及那場惡魔饗宴的一切。

——所有的記憶都深深苛責著她。

為什麼、為什麼妳沒發現？

妳總是待在那個惡魔的身邊，不是嗎？

……這就是自己犯下的罪孽。阿斯卡里德懺悔道。

所以她在這起案件之後，決心獻出自己的人生贖罪。

為了不再發生這種悲劇。

後悔成為她的動力，伴隨著她撐過種種嚴苛的修行，得到了力量。

最後……

「那傢伙這次終於主動現身了……」

至今無論艾莉絲如何探尋，始終只找到〈傀儡王〉的人偶。

這次他卻主動現出自己的真身。

——這是千載難逢的好時機。

一旦錯過這次機會，她不知道究竟要何時才能逮到這名惡魔。

不、甚至是再也沒機會抓住他。

因此——

「……我一定要在這裡阻止那傢伙。一定要結束那場染血之夜，為大家報仇雪恨。這就是我戰鬥的動機……也是我生存的意義……」

阿斯卡里德緊抓著顫抖不已的白皙肩膀，淡淡低語，彷彿在鼓勵自己。

史黛菈主動撫上阿斯卡里德的手，開口道歉：

「對不起，讓妳提起傷心事……我沒料到竟然發生過這種事……」

「……沒關係，我也認為非說不可。這是為了建立信任。」

史黛菈點了點頭。

「嗯，我很慶幸能聽妳說出口。」

她聽完剛才的描述，可以徹底相信阿斯卡里德跟自己有著共同的目標。

史黛菈緊緊握住阿斯卡里德的手，說道：

「我們要互相合作，一起打倒那傢伙。絕對不讓他再任意弄出這種慘劇！」

「……嗯。」

阿斯卡里德也微微使力回握史黛菈。

慘綠、緊繃的神情似乎緩和了些許。

多多良望著阿斯卡里德的模樣──

「…………」

她獨自一人置身事外，默默注視阿斯卡里德。

臉上……似乎有些遲疑。

「多多良？怎麼了？」

「……沒事啦。」

史黛菈一問起，多多良卻閉上了嘴，不再多說。

◆◇◆◇◆

另外同一時間，愛德貝格山腳的村落發生了一場小鬧劇。

距離現在十分鐘前。

獎金獵人一夥為了對抗史黛菈召集了大隊，卻被徹底瓦解，逼不得已放棄討伐愛德懷斯。當一夥人準備撤退時——

『撤退也好呀。看你們被一個小孩子痛宰，還妄想與〈比翼〉交手，根本是找死。殿下可是親切地阻止你們自殺，你們反倒要好好感謝殿下呀。她是你們的救命恩人呢。』

穿著紅色機車騎士服的男人——〈赤蠍〉蘭伯特・拉布坐在村中酒吧的吧檯邊，說出這樣一番話。獎金獵人一夥受到預料外的阻礙，原本眾人的神經就已經十分敏感，現在這個男人的發言更是火上加油。

『混蛋你說什麼屁話……！明明自己在上山之前就嚇得屁滾尿流！』

『你是不是想自己被痛揍一頓，試試看我們到底哪裡雜碎了？嘎啊!?』

『大夥上！宰了他！』

以蓋爾領頭，一群血氣方剛的男人上前找碴，酒吧瞬間喧鬧了起來。

現場的氣氛顯然是免不了一場亂鬥。

漆黑和服男——〈劍狼〉木場善一在拉布身旁吃著飯，低聲說：「要打去外面。」

拉布聽從木場的要求，獨自率領惱火的眾人走出酒吧。

而現在——酒吧前方，村裡的廣場上……拉布帶出來的五十名獎金獵人全數倒地。

沒錯。這群人曾在第一天糾纏適應不良的史黛菈半天以上。但拉布獨自一人，花不到十分鐘就解決這群男人。

但這也是理所當然的。

這群獎金獵人方才諷刺拉布，認為他在上山前就退縮了。這句話卻是大錯特錯。

拉布跟木場抵達當地後，十天內完全沒有登上愛德貝格，但他們並非臨陣脫逃。

越是一流的戰士，越不能疏於事前準備。

換作體育界亦然。頂尖運動員會從比賽開始前一週仔細調整三餐菜單或練習內容，使肉體累積最充足的能量，以便在比賽當天發揮優異的體能。

這種方式稱為肝醣超補法（Carbohydrate Loading）。

兩人正是在戰前進行這種準備。

他們在抵達後十天內，始終在調整自己的體力、魔力、精神，使這一切在開戰的那一瞬間達到最高峰。

兩人很清楚自己的斤兩。對手可是〈比翼〉，他們絕不能有任何鬆懈。

兩人的行動，在在證明他們確實是貨真價實的強大。

而他們決定的決戰之日——就在今晚。

這就代表拉布現在已經足以將自己的體能發揮到極限。

他沒道理會輸給這群落荒而逃的喪家犬。

會有這種場面也是天經地義。

「嘿、那位紅衣小哥還真行啊。」

「這裡經常發生有挑戰者自相殘殺，不過我還沒見過這種一面倒的狀況呀。」

這幾乎是單方面的鎮壓，根本不能稱作「戰鬥」。

村民半夜聽見吵鬧聲，紛紛衝出家門觀望，也不禁訝異拉布的實力。

他們就住在愛德懷斯的家門前，自然也是見識不少。

在村民眼中，〈赤蠍〉拉布確實稱得上稀世強者。

「哎呀哎呀，我還以為會出什麼事呢……小老弟，你真強呀。」

酒吧女老闆出來看看狀況，並向拉布搭了話。

她身旁則有拉布的好友——木場陪同。

拉布的雙手顯現出一雙長著銳利長針的手甲型靈裝——〈死亡螫針〉(Death Stinger)。他解除靈裝，向女老闆賠罪。

「這位夫人，還有各位村民，不好意思，在深夜打擾各位休息。不過我都收拾乾淨了。」

「你殺了他們嗎？」

「夫人，請放心，我並沒有殺他們，只是讓他們半天無法動彈。」

「喔齁齁，那可就幫了大忙了。處理屍體還挺麻煩的呢。」

「十分鐘嗎？比我想像中還快呀。」

木場說道。拉布點了點頭：

「是啊，這群傢伙也太不經打，居然在我熱好身之前就全部睡倒了。這下根本沒暖到啊。也罷，至少確認好身體狀況。」

他們順利完成戰前準備。

身體輕如羽翼，但攻擊卻如鐵鎚般猛烈。

薄皮下的肌肉、深入體內的魂魄，全都蓄勢待發。

自己現在能夠施展自己的全力，毫無疑問。

現在就是最佳時機。

這麼一來一定能觸及〈比翼〉……！

「終於可以奉還波羅的海危機時的那筆帳了。」

他與木場各自做為〈同盟〉、〈聯盟〉的士兵，參與了那場戰爭。當時兩人根本無法抵抗〈比翼〉的引力……但如今，他們不再是當年的自己。

「……那麼，出發吧。」

「明白，走吧。」

第一步，就從狩獵負責守山的〈紅蓮皇女〉著手。

兩人鬥志激昂，正要走向愛德貝格時——

「好厲害！太強了～!!」

某處傳來女孩不合時宜的活潑讚嘆，讓兩人停下腳步。

「這五十個『鬥士』並不弱，你卻能毫髮無傷地打敗所有人！才剛到愛德貝格就遇到這麼強的對手，是個好兆頭呢～！」

拉布與木場聽見女孩的嗓音，疑惑地回過頭——

「「——！」」

當他們一見到來人的瞬間，頓時一陣戰慄。

那是一名大約十幾歲的少女。女孩的皮膚與髮色偏深，全身穿著附有束帶的白囚衣，打赤腳，腳上還銬著鐵球。

她這身打扮太過詭異，詭異到極點了。

但兩人並不是因為她的奇裝異服而戰慄。

她全身重心置於何處？擁有多少魔力？是她的站姿。她的站姿並未洩漏任何一絲打鬥所需的情報。

——來者非同小可。

而從女孩的站姿看來，顯然她**正是為了打鬥而現身**。

木場在轉瞬間理解現狀，隨即伸手握住腰間的日本刀靈裝——〈霜月〉。

另一人卻不然。拉布來自於擁有世界最強諜報能力的大國——美利堅合眾國，他不同於獨來獨往的木場，隸屬於該國的戰鬥部隊，自然得知許多情報。而他顯然

比木場更受到衝擊。

為什麼？

拉布赫然察覺一件事。

他從少女的外表推測出她的身分。

「福小莉!?」

「!?她就是〈四仙〉的〈饕餮〉嗎……！」

「對！你認識我呀！有點開心呢！」

女孩聽見對方叫出自己的名字，她露出白牙，展現極為開朗的笑容，並承認對方的猜測。

空氣中一時之間瀰漫著令人發麻的緊繃。

但這也是理所當然。

眼前人正是來自武術的頂點——中華聯邦引以為傲的〈神龍寺〉所舉辦的〈鬥神盃〉。

其中有四名〈魔人〉最接近〈鬥神盃〉霸者——〈鬥神〉之名，其名為〈四仙〉。此人正是〈四仙〉之一——

〈饕餮〉福小莉。

「……這下奇怪了。妳現在應該被監禁在〈神龍寺〉的『極苦樓』裡呀？聽說好像是因為妳觸犯〈神龍寺〉的戒律……『五戒』中的三項戒律，判刑三百年，對吧？」

小莉一聽，「哎呀！你為什麼知道呀!?」她嚇得瞪大雙眼：

「嚇死我了，你居然知道〈神龍寺〉裡發生的事！你說得沒錯！但是那裡實在太無聊了，我就跑出來啦！」

她這麼答道，晃了晃綁在手上的皮帶。那應該是囚具的皮帶，上頭還有強行扯壞的痕跡。

「……妳這不是『逃獄』嗎？這可不行呀。」

「是啊……是不行……回去大家應該會罵死我的……」

小莉聽見拉布的指責，縮了縮身子，不過——

「可是一直關在那種地方，身體會變鈍的！而且……我有一個夢想，我是為了達成夢想，不得不觸犯『五戒』，沒辦法嘛！」

她堅決地說道，像是在為自己打氣。接著她從肩膀一把扯下囚衣的衣袖。

「兩位感覺很強的仁兄！請你們和我過個招吧！我們來到這裡的目的只有一個，反正等一下在路上一定會狹路相逢，不如直接在這裡做個了結，還比較省事呢！」

她說完，在上臂顯現出附有斷鍊的拳套型靈裝。

她朝向拉布與木場，左拳敲上右掌，行抱拳禮。

她刻意以右「武」覆蓋左「文」，以示戰意。

兩人見狀——

「呵……絕不受縛的野獸，得名〈饕餮〉，是嗎？有趣。」
「木場……！」
「拉布，別出手。我會解決她。」
〈劍狼〉木場善一向前走出數步，與小莉相隔十公尺，相視而立。
於是──
「驅於域外──〈魔冰十狼陣〉！」
他拔出靈裝〈霜月〉，刺入地面。
緊接著，刀尖刺穿的裂縫噴出寒冷的白霧，瞬間包覆戰場。
數秒過後，風帶走冷霧，再次清晰的戰場上──
赫然出現十個木場善一，將小莉團團包圍。
「哎呀！我第一次見識忍者的忍術！完全分不出哪個是真的呢！」
「「「上陣──！」」」
小莉的雙眼像孩童一樣閃閃發亮；木場卻只散發出殘忍的殺氣。
兩人一對上，他轉眼就明白了。
眼前的女孩並不是單純的孩子。
她更像是惡鬼、修羅一類。
那他絕不能手下留情。
伐刀絕技──〈魔冰十狼陣〉，可製造出九個「冰分身」，分身全都擁有與本尊完全相同的戰鬥能力。

木場的戰鬥風格正是利用分身施展群體劍法，因此得名為〈狼〉。

換句話說，眼前的戰況正是木場的拿手好戲。

（〈饕餮〉福小莉，妳太大意了。這個伐刀絕技一旦發動，等於木場的實力瞬間提升，難以招架。冰分身在打敗本尊之前會不斷重生，接連上前攻擊。一般來說必須在他施展伐刀絕技之前就解決本人啊……！）

木場一起頭就布好棋陣，完全掌握戰鬥的優勢——

「真是厲害呀！居然能一次享受十倍的打鬥樂趣，我也很開心喔！」

「「!?」」

木場與拉布看見眼前的光景，不禁啞口無言。

冰分身同時襲向小莉，速度快得幾乎出現殘影。

但小莉面對眾多分身快如迅雷的斬擊風暴，竟然全數躲開了。

不、只是撐過斬擊還不足為奇。

對手的實力若是到達某種程度，此舉並非不可能。拉布就是其中一人。

真正令兩人詫異的是——小莉的體術。

技巧平凡無奇。

速度稀鬆平常。

兩人可以用肉眼追上小莉的所有動作。

她做了什麼、接下來的行動，全都一清二楚。

她的速度甚至不到木場的十分之一——

——但是十人同時進攻，卻無法在她身上留下任何傷口，甚至不見任何擦傷。

不、不僅如此，她更趁著斬擊之間的些微停頓時——

掌底；

拳頭；

腳踢；

腳上的鐵球；

攻擊接二連三擊潰「冰分身」。

現實違背彼此壓倒性的速度差距，同時證明兩人在力量上相差懸殊。

即便對方的動作極為緩慢——高手的招數必中無疑。

因為她的一舉一動找不出一絲多餘。

(〈四仙〉……離〈鬥神〉最近的〈魔人〉之力竟是如此可怕！)

木場名震一時的劍術高手，在她面前卻形同赤子。

拉布對此無話可說——

(不得不承認，對手在武術方面技高一籌。)

木場見到對手輕易擋下自己的全力攻勢，也明白在武藝方面敵強我弱。

但是——

（〈饕餮〉，別忘了。現在與妳交手的並非區區劍士，而是〈魔法騎士〉！）

「……！」

下一秒，戰況忽然生變。

小莉揮拳，準備一拳擊碎「冰分身」的頭部。就在這一剎那！

「冰分身」霎時間變成水，吞噬小莉的手臂後再次凍結。

冰化為枷鎖，銬住她的手。

小莉的行動頓了頓，其他的「冰分身」趁機撲上制伏住她後，同樣化為冰枷鎖——

「〈絕冰割殺擊〉————!!」

小莉的四肢失去行動能力。〈劍狼〉木場瞄準這一瞬間，卯足全力由上劈下！

然而，他的對手是〈四仙〉——福小莉。

「發!!」

木場的下劈抵達小莉的頭頂之前，她全身發勁，震碎冰塊枷鎖。

四肢隨即恢復自由。不過——

（理所當然。這點程度還綁不住這頭猛獸！）

木場早就料到了。

他知道小莉能擺脫束縛。

但這就夠了。一瞬間，只需要一轉眼的瞬間，她被束縛在這把刀的攻擊範圍內，那麼——

——一切水到渠成！

「妳無法阻止絕對零度的一斬！」

木場幾乎將所有魔力貫注於〈霜月〉之上。刀上纏繞極冰寒氣，這把絕對零度之刀將會瞬間凍結所及之物。

格擋完全無用武之地。對手接下刀刃的瞬間就會全身冰凍而死。

除了閃躲別無他法。

但是小莉已被奪走一瞬間的自由，她早已錯過閃躲的時機。

這一擊將會斬斷小莉的性命！

——本應如此。

「~~~~~!?」

小莉居然空手擋下木場傾盡全力的下劈。

（豈有此理！為什麼——）

「嘖!!」

超乎預料的狀況令木場一時動搖。瞬間定勝負。

小莉的崩拳（中段正拳）深入木場的腹部——

接著瞬間冰凍木場全身，一拳擊碎。

◆◇◆◇◆

小莉這次向木場回以正式的抱拳禮，而木場的身體早已名副其實地斷成兩截。

拉布在一旁望著小莉以及勝負的結尾，他頓時滿頭霧水。

「好對手，謝謝你！我學到不少！」

（那是、冰的能力……!?）

不可能。

因為小莉在五年前的上屆〈鬥神盃〉中，似乎是操縱「風」來作戰。

這消息十分出名，木場應該也有所聞。

所以當小莉接下絕對零度的一擊時，他才無法壓抑自己的動搖。

火焰、水或是高超的雷術士，的確有可能接下木場的〈絕冰割殺擊〉。

但是風卻辦不到。風之力只會增強木場的寒氣。

在屬性相剋上是絕對不可能發生這種情況，但現在卻出現了原本不可能的狀況。

「來吧！接下來是那邊的紅衣大哥！我隨時準備就緒喔！」

小莉才剛秒殺木場，接著就對拉布擺出架勢。

拉布也接受挑戰——

「……我知道了，就打吧。我們上吧，〈死亡螯針〉！」

他在雙手再次顯現出附有長針的手甲靈裝。

「感謝！」

小莉同時蹬地，沿著直線最短距離逼近。

拉布面對突襲——便將手中握著的物品砸向地面。

「哼！」

「唉呦!?」

夜晚的廣場登時白光四射。

拉布丟下的正是閃光彈（Flash bang）。

這只是純粹的兵器，無關他本身的能力。

最基本的槍炮兵器一類根本傷不了伐刀者（美國稱為超能力者，中國稱為鬥士），因此伐刀者之間的戰鬥本來是不會動用這類兵器。但閃光彈就另當別論。

伐刀者的魔力擋得住物理衝擊，卻擋不住光線。

他們自然會覺得刺眼。

對手的視線一旦遭到強光遮蔽，無論對方擁有多恐怖的能力，全都形同木偶！

（她竟然同時擁有兩種能力，雖說不可能有這種狀況，但她實力深不可測！得速戰速決！）

拉布趁著閃光逼退小莉，率先出招。

他直線拉近雙方距離，以靈裝的尖端刺向小莉的心臟。

「〈致命劇毒〉!!」

但對手是「武術」的頂點——中國的〈仙人〉。

〈死亡螫針〉的長針刺中小莉的胸部，卻並未取走她的性命。

「用閃光彈偷襲嗎？真是嚇我一跳。」

「我們美國人提倡合理主義，不會只依靠超能力作戰。」

「好喔好喔！我並不討厭這種直來直往的方式喔！」

小莉說著，臉上的微笑並無虛假。

假如在伐刀者之間的戰鬥中動用這類武器，大多會招來白眼。但眼前的女孩打從心裡享受打鬥與體悟，其中也包括這類事前準備。

畢竟〈鬥神盃〉更是偷襲、謀殺樣樣來，不愧是在這種大賽中獲得前四強的鬥士。

不過——

「……真抱歉掃了妳的興，這場戰鬥已經結束了。」

「唔！」

小莉的身體忽然猛地一跳。

她全身產生嚴重的生理性痙攣，這是生命最後的哀號。

「我的靈裝〈死亡螫針〉的能力是〈毒〉，能夠操縱存在於世界上的任何劇毒。

畢竟是對上〈四仙〉的〈饕餮〉，我可沒辦法手下留情。我動用能力中最猛烈的致命（Lethal）毒素（Venom），只有我能解毒。過不了多久妳就會送命了，不好意思。」

沒錯，小莉並沒有擋住拉布的刺擊。

他的能力根本不需要刺穿心臟。

螫針只要微微刺進皮膚，那怕只刺進一公釐，就足以奪人性命。

戰鬥早已決出勝負。

「一時疏忽，終生遺憾。妳要怪就怪自己太大意了。」

拉布說完，打算從小莉身上拔出長針，但是——

「……大意？才不是呢。」

「——!?」

針拔不出來。

小莉臉上仍然掛著親切的微笑，緊緊夾住長針，完全沒有放鬆力道。

她已經瀕臨死亡——不、是早已死去了才對。

拉布腦中一片混亂。究竟是為什麼？

小莉對他說道：

「眼前無法視物，還是能讀取人的『氣』與『意』。『殺氣』在一片漆黑之中直逼而來，但奇妙的是隨之而來的『意』卻沒有打算貫穿心臟，也不打算砍飛頭顱。你的『意』只希望擦過某個地方，只要命中即可。『意』與『殺氣』並不相符——那就代表你真正的殺招不是那兩根長針，而是針裡的〈毒〉。我馬上就發現了。」

而且——

「既然如此，就以〈毒〉攻〈毒〉。所以囉——」

小莉這麼說道，同時自己擺脫長針，迅速靠向拉布——

「呃、啊!?」

她將小指**刺進**他的腹部。

「這不叫做大意，這叫做游刃有餘。」

「唔！」

區區小指的刺擊，傷害並不大。

但是這個距離非常不妙。

拉布不慎讓她闖進懷中，這裡是赤手空拳的攻擊距離。

拉布立刻揮開小莉的手臂，一把推開她。

不、他是打算推開她。

但是——

「————!?」

一陣麻痺忽然席捲拉布全身，所有肌肉漸漸僵硬，無法動彈。

拉布霎時之間無力站立，當場倒地——

（這傢伙、該不會……這傢伙的、能力是……………）

他的思緒運轉到一半，意識頓失。

勝負已定。

「謝謝。」

小莉輕而易舉地擊敗拉布與木場，再次向兩人行禮後，開口拜託一旁的酒吧女老闆。

「老闆娘，可以請妳幫他們治療嗎？」

「……他們還活著嗎？」

「是呀。這邊這位放著不管，一個星期後就會自己醒來了。那邊的忍者大哥也只是冰成冰塊，放進〈再生囊〉裡馬上就能恢復原狀囉。」

「我知道了，之後就交給我們吧。」

「感謝！」

小莉道完謝，轉過身看向高聳的愛德貝格。

緊接著──

「小事也解決了，稍微打個招呼吧！」

她深吸一口氣──

「喝──!!!!!!」

接著全身釋放氣勁，隨著聲音噴發而出！

她刻意暴露平時隱藏的力量。

這是〈饕餮〉福小莉的挑戰書。

氣流撩亂，樹木低喃，群鳥爭相逃離，天搖地動——

「「「——————!?!?」」」

標高六千公尺地段，第五營地中的史黛菈等人也隨之戰慄。

「剛、剛才那誇張的殺氣是什麼鬼！愛德懷斯搞的鬼!?」

「不對，這是……」

「…………」

沒錯，這不是愛德懷斯。

史黛菈曾直接承受過愛德懷斯的殺氣，她認得出差異。

這股霸氣並非出自愛德懷斯。

特質本身完全不同。

愛德懷斯的劍氣應該更加細緻、尖銳，如同直指心臟的利刃。

但是這股氣勁並不尖銳，顯得雄壯、猙獰，彷彿吞噬一切的野獸。

來者十分陌生，並非史黛菈認識的任何一人。

這股威壓類似愛德懷斯……不、甚至是與她同層級。而史黛菈並未接觸過這號人物。

這名陌生的不速之客透過霸氣宣示：

「我現在就要來挑戰妳。」

史黛菈感受到自身終結的恐懼，猶如她與〈傀儡王〉、〈比翼〉對峙時的感覺。

絕對無法抵禦的命運張開巨大雙顎，幾乎要將自己吞噬殆盡。

但是史黛菈並未選擇逃避。

「……放馬過來呀……」

〈紅蓮皇女〉挺身對抗迎面而來的威脅。

為了讓自己繼續做為法米利昂之劍——〈紅蓮皇女〉。

龐大無比的霸氣自山腳下撲天而來。

不只史黛菈等人察覺其存在。

標高八千公尺地段。

愛德懷斯站在自己的小屋前方，俯瞰山下，悄聲低語：

「……事情變得有些麻煩了呢。」

這股震撼天地的猛烈霸氣。

愛德懷斯認得霸氣的主人。

七星劍武祭決勝賽當時有數名〈魔人〉親臨現場，其中一名人物總是散發好戰的氣息。

她就是〈神龍寺〉武僧——〈饕餮〉福小莉。

「你也不幸受干擾了呢。」

愛德懷斯說著，抬頭看向愛德貝格的山頂。

一輝方才還倒立在山頂上……現在卻不見蹤影。

他的靈裝插進偏下方處，整個人垂掛在靈裝下方。

應該是撲來的霸氣害他失去平衡。

「真可惜，還差一點就能達到三十分鐘了呢。」

不過今天的他跟昨天相比，稱得上突飛猛進。愛德懷斯心想。

一輝昨天也在愛德貝格的山頂上鍛鍊魔力控制，但頂多只能撐上十分鐘。

他大概一撐到十分鐘前後就不斷摔下山頂。

一輝還無法撐過最終目標——一個小時，不過他已經充分提升自己的魔力控制能力。

他再以現在的能力操控〈一刀修羅〉，必定能將體能強化兩倍——不、甚至接近三倍。

（他確實在這嚴酷的環境下獲得相對應的強大。）

愛德懷斯認為，史黛菈應該也和一輝一樣。

史黛菈至今聽取多多良的建議，克服環境。

她不會只聽從教誨，更將學到的一切融入自己的技巧中。她節省所有戰鬥技巧消耗的能量，大幅延長自己的持久戰力。

不愧是名震天下的天才騎士。

她不但在短時間學會「適應」，還成長得如此茁壯，只能以「十分出色」來形容。

現在的史黛菈同樣比抵達愛德貝格之前更上一層樓。

這實在令人欣慰。

史黛菈原本希望超越自己現在的極限，立志踏入〈覺醒（Pluto Soul）〉的境界。然而這是錯的。

自七星劍武祭決勝賽至今，眾多〈魔人〉帶給她辛酸的回憶，令她產生誤解。其實她不應該以〈覺醒〉為目標。

自己絕不能放棄的「自我」。

絕不妥協，只為貫徹「自我」一路走來，跨越自身可能性的極限之後，其結果就是這份奇蹟。

所謂的〈覺醒〉只是用來形容這份成果。

她不應該為他人的成果感到焦急，魯莽地飛蛾撲火。

首先必須確實累積實力。

史黛菈現在該做的只有盡力達成這件事。

先擁有足夠的實力，進而找到自己無法放棄的那份「自我」。這麼一來，當她抵達可能性的極限，只有在那一刻她才能真正開闢自己的命運。

所以愛德懷斯才利用〈無瑕誓約〉將她束縛在此地，逼迫她累積實力。不過——

（……居然在這種時候來了一位最糟糕的訪客，真是太不湊巧了。）

她擁有〈四仙〉之名——即為中國的四名〈魔人〉之一。

愛德懷斯不知道對方的為人，但從撲上山頭的霸氣可見其力量。

……她很強。

這名敵人甚至有能力觸及自己的性命。

史黛菈仍受命運的引力束縛，她根本不可能有任何勝算。

對上這名對手未免太過危險。

更糟糕的是，現在只有多多良跟阿斯卡里德兩人待在史黛菈身邊，而她們又受到〈無瑕誓約〉的限制，無法出手相助。

現在在場的人物當中——只有自己救得了她。

（危急之時只能由我插手阻止對方了。）

愛德懷斯暗自下定決心，將一輝留在山頂上，動身下山。

於是，同一時間。

在遙遠的下方，第五營地裡，〈紅蓮皇女〉已經接觸〈饕餮〉。

◆◇◆◇◆

「……！」

在霸氣由山腳震撼整座山頭之後，只過了短短十五分鐘。

史黛菈依舊在第五營地鎮守通往愛德懷斯家中的道路。此時一名皮膚黝黑的女孩直接沿著峭壁飛奔上山，出現在史黛菈面前。

她的年紀與自己相仿。

但是她全身穿著破爛的囚衣，腳上銬著腳鐐，還拖著一顆大鐵球，外表十分詭異。

看起來一點都不正經。

更不像正常人。

那顆鐵球乍看之下至少有二十公斤以上，她卻完全不當一回事，在極短的時間直接拖著鐵球衝上這裡。腳力異於常人──

（那股凶狠的霸氣就是出自這女孩之手……）

就是她沒錯。史黛菈眼中的威嚇變得更加鋒利。

另一方面，衝上斷崖的女孩一看見史黛菈──

「哎呀──！我還想說在哪裡感覺過這股魔力，原來是史黛菈閣下！沒想到會在這裡見到妳！我好驚訝呀！」

她忽然雙眼發亮，親切地問候史黛菈。

史黛菈有些疑惑地問道：

「我們見過面嗎？」

史黛菈完全沒印象。

「對！」女孩則是朝氣十足地點點頭：

「我有去看〈七星劍武祭〉的決賽喲！當時真是興奮得不得了呀！」

「是嗎？不好意思，我完全不記得妳。」

「沒關係，那也沒辦法啦。當時我在躲人，所以隱藏了氣息嘛。史黛菈閣下和〈落第騎士〉閣下的比試實在太精采，看得我差點就想闖進去攪和呢！不過看兩位當時已經遍體鱗傷，我才勉強忍住了！而且〈比翼〉閣下和那邊那位〈黑騎士〉閣下當時也在注意現場，防止有人搗亂呢。」

少女解釋道，並朝著史黛菈身後看了一眼。多多良和阿斯卡里德正在史黛菈後方不遠處戒備。

「……妳知道我就是〈黑騎士〉？」

「欸？站姿跟氣都完全一模一樣嘛。不穿鎧甲我也認得妳呦。」

「……是嗎？果然厲害。」

「阿斯卡里德，這傢伙是誰呀？」

史黛菈見阿斯卡里德似乎認識女孩，便開口問道。

「啊！對、對不起——！非常抱歉！我忘記說我的名字了！」

女孩先為自己的失禮致歉，接著向史黛菈抱拳以對。

她主動報上名號：

「請容我作個自我介紹！我是神龍寺四象拳法皆傳（註1）！〈四仙〉之一——福小莉！日後請多多指教！」

「四、〈四仙〉的小莉不就是……」

「這傢伙就是〈饕餮〉福小莉啊！」

「是，〈神龍寺〉的天才鬥士，以史上最小的年紀踏入〈仙人〉境界……就是我們這裡說的〈魔人〉。」

「……原來如此，這名鬥士足以媲美傳說中的魔獸——〈饕餮〉，難怪霸氣非比尋常。」

〈神龍寺〉極為封閉，外界很難獲得內部的情報。

但是〈饕餮〉之名仍然威震全世界。

史黛菈當然也曾聽聞其名號。

這下又來一個不得了的對手。

「不過妳可是〈四仙〉級別的鬥士，到底在躲誰呀？」

「我在躲〈神龍寺〉的掌門，現任〈鬥神〉的〈大老師〉大人。之前我被關在〈神龍寺〉裡一座名叫『極苦樓』的牢房裡，後來我偷偷逃出來了。」

「『極苦樓』不就是〈神龍寺〉專門關重罪犯的地方嗎？」

註1　皆傳：為日本武術水準的位階之一，意指習得某特定流派的所有技法。

「多多良，妳知道那個地方嗎？」

「那座監獄逼迫犯下滔天大罪的鬥士進行地獄般的鍛鍊，直到喪命為止。監獄的警備工作為世界最高水準，至今從未有人活著走出監獄，根本是人間地獄啊。〈闇獄之家〉（我們）在這世界上無法成功入侵的地方只有三個，『極苦樓』就是其中之一。可是〈四仙〉的〈饕餮〉怎麼會被關在那種鬼地方……」

小莉聽見多多良的疑問——

「因為我觸犯了〈五戒〉。」

她開始為三人解說。

〈神龍寺〉總共有五條鐵律。

・一戒，嚴禁誇耀自身武藝。

・二戒，嚴禁以武藝奪取錢財。

・三戒，嚴禁以武藝姦淫他人。

・四戒，嚴禁以武藝殺生。

・五戒，包含上述卑劣舉止，嚴禁為一切不合乎仁義之舉動用武藝。

隸屬於〈神龍寺〉的武僧受到〈五戒〉的規範，禁止一切偏離道德規範的行為。其中「嚴禁誇耀武力」，則是扣除〈鬥神盃〉之外，禁止武僧參加所有外界舉辦的比賽。

「戈下有止即為『武』。武術是用以阻止紛爭，抱持玩心的競賽違反武術的本質。這就是〈神龍寺〉的思想。」

〈神龍寺〉的武術應為仁義而存在。必須用來守護自身與旁人的生命、尊嚴，絕不能為了金錢、名利，以及滿足各種自身慾望動用武術。

〈鬥神盃〉不支付任何報酬，正是體現這項思想。

「所以〈神龍寺〉除非事關重大，即便接到政府請求也絕不會在國外動武。我也為這份思想感到非常自豪。但是……這個世界有太多人無法理解這份思想的偉大！」

小莉說道。

別國太輕視她的祖國。

〈神龍寺〉明明是最頂尖的武術名門，卻禁止誇耀武藝。

而那些愚昧之人無法理解〈神龍寺〉的理念，竟然侮辱〈神龍寺〉之人膽小懦弱。

「我無法忍受這種汙辱！所以我決心導正這個錯誤！我要以中國四千年的歷史面對中國未見的武術！中國不曾出現的招式！身處中國以外的人們——然後向外人證明，我的祖國才是所有武術的頂點！」

假如她必須為此觸犯禁忌，她十分樂意接受破戒僧的烙印。

為了讓世界正視中國四千年歷史的偉大。

這就是屬於她的仁義。

是她報答深愛的祖國，將自身奉獻給祖國武術的唯一途徑——！

「來吧！既然史黛菈閣下出現在此，代表妳也打算獵取世界第一的首級！那麼我們必然會為了爭奪頂點互相爭鬥！請和我過招！」

小莉講述自己破戒的理由。

告知自己戰鬥的動機後，擺出了架勢。

她承擔著四千年漫長的歷史。

她更為了證明世界上沒有任何事物能與之匹敵，來到此地。

史黛菈見狀，渾身散發火紅燐光，向前踏出一步。

「……我一開始就是這麼打算。〈比翼〉先跟我有約了！妳想要插隊，先打倒我再說！」

說實話，她沒料到自己現在就得與〈魔人〉打上一場。

但也只是把進度提前而已。

自己是為了超越自己的極限，才來到這個地方。

（歷盡千辛萬苦也是求之不得……！）

「前來侍奉吾身──〈妃龍罪劍〉！」

「狂嚎震蒼天！──〈鑾鬼〉!!」

於是，〈紅蓮皇女〉與〈饕餮〉的戰火一觸即發。

◆◇◆◇◆

「喝啊──────!」

〈饕餮〉福小莉率先行動。

她輕巧一蹬，直接逼近史黛菈。

她直視史黛菈的雙眼，沿著最短距離奔來，但速度並不快。

小莉的靈裝是藍色的拳套。

戰鬥風格主要是使用〈神龍寺〉流傳的格鬥技巧，名為四象拳。

（還有她本人是個風術士。我對於〈饕餮〉的瞭解僅止於此。）

她的能力與〈烈風劍帝〉黑鐵王馬相同，她在上屆〈鬥神盃〉中就是使用這種能力作戰。

她應該也能進行遠距戰。

不過──從靈裝的外型、流派來推斷，她應該偏好近距離戰鬥。

所以她是打算主動將戰鬥拖進自己擅長的距離中。

那自己沒必要奉陪。

在這場比試中，攻擊距離的優勢正是自己必須堅守的命脈。

（對手是格鬥高手，讓她闖進胸懷間一定會占下風。）

史黛菈在現在的這一瞬間，仍然持續籠罩在窺視深淵的壓迫感之下。

〈魔人〉那股即將結束自身未來的威嚇。

眼前逼近的敵人並不像〈傀儡王〉、〈沙漠死神〉那樣挑起自己的厭惡情緒，但不可否認，對手仍然擁有與兩人匹敵的強大引力。

史黛菈若想戰勝對手，必須甩開恐懼。

「贏不了」這種想法一旦吞噬了心靈，她就會如同與愛德懷斯對峙時一樣，讓小莉的引力拖走自己的命運。

自己一定能戰勝敵人。

她必須堅信自己的價值，不能動搖對自己的信心。

（為此必須徹底封殺對手的優勢……！）

在這之後，唯有卯足全力。

力量、技巧、戰術、戰略——她必須動用、耗盡自己所有的一切。

幸虧今天一整天完全沒經歷任何戰鬥，她的體能狀況絕佳，魔力、體力綽綽有餘。

（我絕不會藏招……！）

「將敵人拆吃入腹！〈地獄龍大顎（Satan Fang）〉!!」

史黛菈堅定內心，從遠距離迎擊小莉的吶喊。

〈妃龍罪劍〉熱焰沖天，釋放出七頭火龍。

火龍各自張開巨大雙顎逼近小莉，亟欲將她吞下。

小莉見狀——

「好厲害！真壯觀呀！」

七頭龍迎面而來的恐怖景象令她興奮不已，雙腳仍未停下。

她的速度十分緩慢，並未加速或減速，始終如一。

火龍當然毫不猶豫咬向慢吞吞的獵物。

從四面八方張開巨大雙顎，意圖將獵物四分五裂。

火龍極快無比地衝上前，速度遠遠超過小莉。

七顆龍頭同時進攻。

攻擊當然十分輕鬆地擊中。這是必然。是的，本來應該如此輕鬆——

（完全沒打中……！）

眼前的現實太過莫名其妙，令史黛菈一時語塞。

小莉實際的速度沒有慢過行走，和一輝相比又慢到像在打瞌睡。她就維持這股速度穿過七頭龍的猛攻。

既不防禦也不反擊。

她只是以最低限度的動作與速度，流暢地滑過攻擊的空隙。

沒錯，小莉並不是速度太慢。

她只是覺得沒必要快起來。

高手絕不輕易依賴速度。

她會仔細觀察對手的一舉一動，沿著對手的些微空隙穿梭而過，行動不帶一絲多餘。

她的動作彷彿一脈清流。

水流遭遇任何障礙，例如枯木、岩石，仍然會穿梭過其空隙，最後必定抵達海洋。

此為武術名門〈神龍寺〉引以為傲的四象拳。

青龍之型——〈流水〉。

其步法難以捉摸，無論對手如何使勁捕捉，仍會恍若流水滑過指尖。

以慢制快。

唯有鑽研至極的技巧才能顛覆速度差異，宛如幻術一般。

一旦落入這幻術的陷阱，便會受對手緩慢的速度欺瞞，以為敵人已在掌中，實則受幻影玩弄，一再重複無用的攻擊，直至自毀。但是——

「那……我就這麼做！」

「!?」

〈紅蓮皇女〉並非經驗粗淺，她還沒傻到受體術擾亂。

選擇強行正面攻破這種步法，未免太過愚蠢。

對手如幻術般的動作沒有激起她的焦急，她立刻做出合理判斷，改變戰術。

〈地獄龍大顎〉。

其攻擊釋放的七頭火龍。

史黛菈不以七龍的雙顎絞碎對手，而是包圍她！

粗大的軀體成螺旋狀，一圈一圈包圍小莉的四周——

「抓到妳了！」

一口氣收緊！

對手如流水又如何？從全方位碾碎對手就對了。

在水四周以水泥建起水壩，水自然抵達不了海洋。

巨大的七頭龍化為巨大的火焰風暴，徹底燒盡受縛的對手。

對手無處可逃。她也不給對手可乘之機。

於是當火焰消散，渾身受火焰侵蝕的小莉——

——早已失去蹤影。

化為黑炭的地面上沒有她的身影，只留下融解的深邃大洞。

「——！」

史黛菈腦中一瞬間閃過一絲直覺，那是危機意識。

唯有跨越死境之人才培養出來的第六感。

她順著直覺，身體使勁向後一扭——劈頭就是一斬。

不知何時，小莉已經逼近史黛菈的身後。

「好！」

史黛菈下意識反擊。

這回擊代表史黛菈的技藝高強。小莉露出抱有好感的笑容，以手背接觸即將從旁逼近的〈妃龍罪劍〉。

「疾！」

她輕易扭轉斬擊的軌道——

接著直接潛入史黛菈的胸懷間，一拳貫穿史黛菈的腹部。

她瞄準的是強健腹肌間的縫隙。

單指強行撬開無法鍛鍊的肚臍，直接衝擊體內，稱為一本貫手。

「～～～～啊、啊啊呃！」

一本貫手穿透肚臍的薄皮，直擊臟腑。

腹部一陣爆炸般的激烈疼痛。

史黛菈按捺住痛苦，立刻反手回擊一劍。

她要是在這個距離昏厥，接下來只能沐浴在連擊之下。

她很清楚後果。

史黛菈的這一步十分適當。

史黛菈快速反擊令小莉失去追擊的機會，她只能再次拉開距離。

「真能忍呀……！〈神龍寺〉的師傅硬吃我的一本貫手，可是會痛得在地上打滾，站也站不起來呢。」

「哎呀，武術頂尖的〈神龍寺〉意外挺軟弱的呢……這點程度算不了什麼。」

「似乎不是這麼回事呢。」

「……!?」

小莉望著逞強的史黛菈，露出略有深意的笑容。

史黛菈下一秒察覺身體有異，當場跪倒。

（怎麼回事、身體麻痺了……）

她全身抽搐，逐漸喪失機能，肌肉漸漸僵硬。

這傷勢出乎意料。

她明明只能操縱風，為何能產生這種傷害？

她逃離〈地獄龍大顎〉時，也曾融解岩地——

「妳、到底、做了什麼……！」

風術士不可能施展這種能力。

事前的情報與現狀有落差，史黛菈不禁面露疑惑。

小莉見狀——

「其實不難懂喔。我只是利用自己操縱〈毒〉的能力，以毒液融解地面再繞到妳背後，然後再以一本貫手打入麻痺身軀的毒。這劇毒一次就能麻痺一頭大象呢。」

她主動揭穿自己的能力。

「妳說，毒……!?」

「喂喂喂，傳聞中〈饕餮〉應該是風術士吧！」

「……是啊，我也是這麼聽說……究竟是怎麼回事？」

不只是史黛菈，站在稍遠處觀戰的阿斯卡里德與多多良也感到十分困惑。

小莉聞言──

「嘻嘻，到底是怎麼回事呢？」

她露出天真無邪的笑容，就像是惡作劇成功的小孩子──

「總之史黛菈閣下已經無法動彈。這場比試是我贏了！」

她隨即邁步奔出，無情地施加追擊。

「好、好快！」

多多良不禁啞然失色。

她現在的速度完全超越起步時的吶喊。

但這也是理所當然的。

青龍之型〈流水〉是注重防禦的步法。

小莉曾在現場觀看〈七星劍武祭〉的決賽，她當然知道史黛菈的攻擊範圍奇廣無比。

史黛菈從超近距離到超遠距離無一不精，屬於全方位選手。

自己的攻擊距離極近，必定會讓史黛菈搶得先機。

所以她一開始就在防備。

提防史黛菈的遠距離砲火。

但是史黛菈已經動彈不得。

她無法反擊，也無力牽制，不需要再繼續防備她的攻擊。

現在只需要以最快速度，沿著最短距離直衝上前。

有一步法能達成這個目的——

「朱雀之型——〈天驅〉!!」

其速快如飛天。

小莉瞬間將史黛菈納入雙拳的攻擊範圍中——

緊接著——骨頭沉重的斷裂聲響徹夜晚的山林間。

◆◇◆◇◆

朱雀之型〈天驅〉。

四肢著地，抬起腰間，從蹲踞式起跑姿勢起步，將起步腳的力道轉向水平，疾速奔馳於地面。

小莉以此步法逼近史黛菈，準備補上最後一擊。

然而小莉踏入長劍距離的一剎那，她忽然看見了。

史黛菈屈著膝，背脊彎曲，瀏海垂下。

——赤紅的瀏海之間，雙眼隱約顯露出機靈光芒。

（她不為所動……!?）

下一秒——

「哈啊啊啊啊啊啊啊——!!」

毒素原本應該束縛著史黛菈，此時她卻動了起來。

她直起雙膝，以全身力道向前橫劈一劍，施以反擊。

小莉並未察覺反擊，已經加快了速度。

她不可能閃過這一擊。

然而——

「————！」

只能以名不虛傳來形容她的行動。她從史黛菈的瀏海之間隱隱察覺進攻的氣息，在最後一刻轉為守勢。

小莉以靈裝〈蠻鬼〉十字交錯，接下即將攔腰劈來的劍刃。

巧妙的應對展現小莉的技藝之高。

但是史黛菈的剛強之劍能無視防禦，直接擊潰對手！

「——~~!!！、唔！」

〈妃龍罪劍〉接觸〈蠻鬼〉的瞬間，轉眼間壓碎雙手。

如此怪力直擊身軀，怎麼可能站得住？小莉的身軀瞬間被拋飛，每三十公尺彈地一次——最後撞上第五營地的邊緣，一塊立於峭壁前的大岩石。

「咕、哈……！」

衝擊從背上貫穿臟腑，小莉噴出一口血霧，當場倒地。

——自己確實將毒素打入她體內了。她為什麼能動？

無預警的反擊，無解的反撲，種種異象使得小莉腦中一片混亂。

但是史黛菈不會給她時間疑惑！

「嘿呀啊啊啊啊啊啊!!!!」

「……！」

她將小莉逼入絕境後，隨即以〈妃龍翅翼〉加速展開追擊。

蘊藏灼熱的焰火之劍使勁一揮，怒濤般的猛烈追擊迎面而來。

就如同火焰組成的龍捲風。

紅蓮旋風所到之處，一切事物僅能歸於灰燼。

小莉立刻有所應對。

她活用優越的體能，如動物般壓低身體，以貼近地面的距離逃竄。

她使史黛菈的斬擊朝下，刻意讓劍刃砍進地面。

地面是堅固的岩床，雖說岩床無力彈開史黛菈的臂力，至少能讓劍刃劈進地面，收劍時會慢上一步。

自己便能趁機拉開距離，打斷對手流暢的攻勢。這就是小莉的企圖。

不過她的企圖徹底誤算。

「哈啊啊啊啊啊啊啊!!!!」

「唔……!」

就如小莉的計畫，〈妃龍罪劍〉數次追著她劈近地面。

每一次都深深斬入岩床，劍刃陷進地面，不過——

〈紅蓮皇女〉的臂力完全不為所動。

她憑著蠻力挖開、刺穿岩床，像是在切豆腐似的。斬擊的速度沒有絲毫減退。

這異常猛烈的臂力。

強悍的體魄視麻痺毒素於無物。

小莉心中赫然升起一股預感，於危急之際躲過火焰風暴，同時觀察史黛菈。

——接著，她證實自己的推測。

（果然……）

史黛菈的肌膚內側間斷地一亮一暗。

〈龍神附身〉。

她曾在〈七星劍武祭〉上見過這個伐刀絕技，對方會以這一招激發自身的巨龍之力。

史黛菈使全身血液沸騰，以熱消毒掃除小莉的毒素。

並且將巨龍臂力蘊藏其身，猛烈襲來。

「原來、如此！區區毒蠍一刺，不可能制伏巨大無比的巨龍，是吧！」

「現在才發現，太晚了——！」

她說完，停止追擊四處逃竄的小莉。

接著單腳高舉空中——使勁砸向地面。

「〈龍震腳〉!!」

「唉呦!?」

愛德貝格一瞬間激烈跳動，震盪猛地襲向小莉。

小莉原本就以不穩固的姿勢貼近地面，四處逃竄，當然不可能撐得住。

她身軀一陣不穩，臉直接撞向地面。

她的雙手已斷，無力轉為受身。

只能摔倒在地。

——史黛菈在這無法避免的片刻，施加最後一擊。

「呀啊啊啊啊啊啊——！」

巨劍高舉過頭。

她窮盡全力，一劍劈向摔倒在地的小莉。

但是——史黛菈至今完美無缺的追擊，卻在此時暴露一絲破綻。
她急於取勝，這一劈力道過猛。
即便這缺陷極為細小，〈饕餮〉仍不會錯過這破綻！
（從這裡下手！）
「哼！」
她趁著身體倒向岩床的剎那，以腳蹬地。
同時藉著肩頸聯繫縱向側翻，遠離史黛菈——史黛菈正好踏入刀劍距離之中，
只見小莉腳上的鐵球微微擦過史黛菈的下巴。
「唔、呃——!?」
打擊微微擦過下巴前端。
雖然打擊本身沒有任何損傷，但威力極其凶惡。
她透過「槓桿原理」碰撞下頷，便能藉由頸椎進而激烈震動到頭蓋骨中的腦漿。
藉此引發腦震盪，使人氣力頓失。
史黛菈雖然具有巨龍之力，頸椎仍然維持人類的構造。
發生腦震盪的狀況下自然無法追擊，當場跪地。
「高、高明啊……」
多多良在一旁觀看小莉的應對，不由得出聲讚嘆。
她失去雙臂，看似完全落入史黛菈的步調，卻在最後一轉眼——

她看準史黛菈的些微破綻，熬過一場危機。

「對方面臨危急時刻時的手段異常地多啊。剛剛沒乘勢一口氣解決，實在太可惜了。」

多多良說著，皺起眉頭。

不過她身旁的〈黑騎士〉──阿斯卡里德看出史黛菈更深一層的靈機應變。

「方才〈饕餮〉在千鈞一髮之際撐了過去……的確很厲害……不過史黛菈似乎早就料到對方有辦法逃脫。」

「什麼？」

「〈饕餮〉剛才還身處營地的外側，隨時能藏身於斷崖之下。但經過剛才的攻防，史黛菈已經將她趕到營地中央，這塊平地上沒有任何遮蔽物能供她躲藏。」

這裡正是──

「她施放必殺技的最佳地點。」

彷彿在證實阿斯卡里德的推測──

「煉獄之焰，貫穿蒼天。」

史黛菈從腦震盪恢復過來，將〈妃龍罪劍〉舉向天空。

同一時間，〈妃龍罪劍〉噴發出紅蓮火柱，直衝天際。

火焰燃燒稀薄的空氣，逐漸提高熱度與亮度——

——聚集為一把光之劍。

沒錯，史黛菈透過至今的攻防將小莉趕往戰場中央。

讓她遠離斷崖，來到這塊平地。

以便施展自己威力最強的伐刀絕技。

為了在她施展這一招式，**火焰席捲整片戰場之時**，不讓她有機會逃跑。

小莉也察覺史黛菈的企圖。

「現在看到這一招向著自己，魄力還是非常驚人呢……」

這股力量實在壯觀，她在〈七星劍武祭〉時也曾如此讚嘆。

而且眼前的敵人實在棘手，她並非完全依賴這股力量隨手猛攻。

她在剛才的攻防戰中，奪走小莉的選項，防止她逃向斷崖。

她當然能再次用毒潛入地下，但這招可能行不通。

對手已經見識過這一招了。

史黛菈當然會將這招列入考量，朝著鑽出的洞口追加攻擊。

一旦演變成這種狀況就逃不了了，變成名副其實的「自掘墳墓」。

四面楚歌。她的攻勢實在漂亮。沒錯——

假如〈饕餮〉的確是毒術士的話——

「我就幫妳上一課吧。優秀的才能有時會反咬自己一口呢！」

◆◇◆◇◆

「……!?」

小莉光腳踩實積雪，佇立在營地中心。

史黛菈見到她的模樣，赫然發覺。

對方的氣勢有變。

視線中的氣息從一面倒的逃竄，轉而面向自己。

對手應該很清楚自己接下來的行動。

她還有其他對策？

史黛菈不清楚——那麼多想也是無益。

她擊碎敵人的雙手，將敵人趕往中央，封鎖她最後的退路。現在正是最好的時機，能讓自己施展最強大的必殺技！

那就不用猶豫！

「燒盡一切！〈燃天焚地龍王炎（Calusaritio・Salamander）〉————!!!!」

史黛菈斬斷迷惘，揮動光劍。

巨大的光熱之劍橫掃整片戰場，將劍路所及之物全部燃燒殆盡。

其形猶如洪水。

絕不讓敵人逃走，無處可逃。

強光洪流意圖吞沒戰場的每一角，逐漸逼近佇立於原地的小莉。

洪流吞噬了她。

——就在這一刻。

「!?」

〈妃龍罪劍〉傳來異樣的觸感。

魔力塑造而成的魔劍忽然像是撞到、卡到了某種又重又堅固的物體，難以動搖。

劍突然卡在半途，動彈不得。

彷彿、就彷彿是——敲中幾千噸重的巨大鐵塊。

怎麼會？史黛菈凝神注視焰光的中心。

——小莉就站在那裡。

她以早已折斷的左手接住〈燃天焚地龍王炎〉的劍刃。

「這、啊啊啊!?」

這一幕令史黛菈滿頭霧水。

眼前的現實太過不可思議，難以理解。

為什麼小莉的手臂又能動了？

為什麼她能擋下〈燃天焚地龍王炎〉？

方才她面對自己剛強的力量，明明是無計可施。

究竟是為什麼——

片刻之後，她的眼前出現解答。

小莉以左手接住〈燃天焚地龍王炎〉，右拳緊握在側。

——拳套〈蠻鬼〉寄宿著藍白色焰火。

火焰繞起漩渦，逐漸凝聚並包覆〈蠻鬼〉。

最後藍白色光熱裹住小莉的右手——她開口詠唱：

「燃天焚地——」

這句咒文正是——

（錯不了，這力量就是……！）

「龍王炎——————!!!!」

史黛菈終於理解眼前謎題的解答，以及其中原理。緊接著——

小莉的拳頭施放蒼藍焰光，直線射向史黛菈。

「～～～～～～～～～!!!!」

史黛菈急忙解除自己的〈燃天焚地龍王炎〉，以〈妃龍罪劍〉為盾接下迎面而來的焰光。

下一秒，前所未有的熱能與衝擊撲向史黛菈。

〈龍神附身〉狀態的史黛菈差點擋不住這股壓倒性的力量與高熱。

還有對方瞬間治療自己的手臂。

這股力量與自己相同——是〈巨龍〉之力，千真萬確。

「就是這麼回事……！原來妳是〈複製術士（Faker）〉……！」

〈複製術士〉。

這是這類能力者的總稱。能力屬於概念干涉系，能夠模仿對手的能力。

傳聞中她明明是風術士，卻會使用毒的能力。

剛才才使用毒的能力，現在又能使用巨龍的力量。

這謎題的解答只有一個。

小莉利用〈複製〉能力，在戰鬥中改寫自己的能力。

除此之外，別無他解。

於是——

「正確答案！透過魔力獲得持有者的能力。這就是〈蠻鬼〉的鬥技——〈五兵大主〉。」

小莉承認史黛菈的推測。

「也就是說，這火焰就是巨龍之火！就算是史黛菈閣下自己硬吃這一招，也是吃不完兜著走喲！」

想討伐巨龍，那就自己化身為龍。

小莉以〈饕鬼〉吞下史黛菈的魔力，得到她偉大的才能——重現神話世界頂端獵食者的能力。

敵人與自己同樣擁有巨龍之力，戰局演變成這場前所未有的戰鬥。

史黛菈自身的才能正對自己齜牙咧嘴。

史黛菈面對眼前的現實——

（假如真是如此——那也成不了什麼問題！）

「呼！」

史黛菈放棄正面對抗〈燃天焚地龍王炎〉。

她放鬆雙腳，讓敵方的力道將自己的身體彈向營地邊緣。

同時張開〈妃龍翅翼〉。

她迅速翻過身軀，躲過蒼藍焰光——

「呀啊啊啊啊啊啊!!」

同時以雙翼超加速，持劍砍向小莉。

她並不是單靠勇氣進行反擊。

史黛菈很清楚。

〈複製術士〉有兩個致命缺陷。

她要對付自己的巨龍之力，的確會十分傷腦筋。

尤其史黛菈擁有的巨龍之力又是少數能力之中的頂尖能力。

但不論〈複製術士〉如何完美模仿對手的能力，終究只是複製品。**她獲得的能力絕對無法高於本人**，這是絕對定律。

能力的質量無法超越本人，這是第一個缺陷。

另一個缺陷則是對於能力的熟悉程度。

就算能完美模仿能力，能不能活用奪來的能力又是另外一回事。

目前看來，小莉似乎十分順利地運用能力——〈巨龍的生命力〉治療手臂，以及剛才的焰光，都只是在模仿史黛菈。她終究只能模仿，無法超越史黛菈。更何況，持有者本人已經與能力共存十年以上，複製者不可能在一次戰鬥中就超越本人。

這就是〈複製〉能力最致命的缺點。

（第一次碰到這種未知能力，一時是有一點慌了手腳。不過——）

她已經看穿對方的伎倆。

也早就識破對方的底牌。

對方的力量不過就是粗製濫造，比不上自己。

那麼——她無須恐懼！

「哈啊啊啊啊啊啊!!!!」

史黛菈藉炎翼加速揮出一斬，以全身力道劈向下方。

小莉見狀，先是收回拳頭──

「……對於敵人模仿自己的能力視若無睹呀，看來妳十分了解〈複製術士〉的缺點嘛。我們〈複製〉出來的能力無法超越本人，能力的熟悉程度也比原本的持有者生疏。妳的認知是很正確。」

她同意史黛菈的判斷：

「不過──妳可是犯了大失誤啦！我的能力明明帶有缺陷，卻能一路爬上〈四仙〉的位置，妳未免太小看這一點了！」

她單手接住史黛菈的全力一斬。

而且是──只動用食指與中指，輕鬆夾住了〈妃龍罪劍〉。

「唔、！」

比起眼前的狀況，劍傳來的觸感更讓史黛菈訝然。

她就算〈複製〉了龍之力，與自己擁有同等的臂力，她仍然無法輕易承受同級別的力量。她承接不了的。

但是小莉卻是名副其實地**文風不動**。

她接住史黛菈的全力一擊，而且全身沒有半點震動。

（這力量到底是……！）

史黛菈打算收回劍刃，但是狀況亦然。

好重。

小莉以難以置信的強大力量抓住〈妃龍罪劍〉。

對方的臂力遠遠超越自己(Original)——

「妳該不會已經將巨龍之力操縱自如，比我還能靈活運用……！」

小莉嘿嘿一笑：「怎麼可能。」她否定史黛菈的驚呼：

「複製品終究是複製品。再怎麼完美〈複製〉也無法超越真品，也不可能那麼快彌補彼此在熟練度上的差異。這兩項缺陷可是非常嚴重喔……不過呢，在我偉大的祖國——中國四千年歷史面前，真品與複製品的差異——根本不足為懼！」

「!?!?」

史黛菈原本靠著炎之雙翼浮在空中，此時身軀忽然一沉。

小莉右手抓住〈妃龍罪劍〉，連劍帶人拖了下來。

她以右手拉近史黛菈，左手一掌往上擊中她的下巴。

「啊、呃!?」

「我們整個民族耗費四千年以上的時間，持續鑽研武藝至今。鑽研得來的智慧能充分彌補各式各樣的差異。我們這群鬥士和各位相比，**扣除都是兩隻腳站立這一點**，完全是不同生物！」

史黛菈下巴的傷勢引發腦震盪，喪失飛行能力。

她勉強以雙腳著地，堅持不倒下，但也到此為止。

她無法採取守勢，只能傻站在原地——

「各位**只是踩在**地面上而已。

我可是以雙腳的腳趾緊咬大地，沉穩地抓住地面！沒錯，就是用妳熟悉的巨龍力量！

我的身體就彷彿與這座山合而為一，成為愛德貝格的一部分！

這代表我的質量與山同等！

無論巨龍的威力無比，也無法動搖巨大的山脈！

這就是四象拳玄武之型——〈泰山〉呀————!!!!」

小莉的中段拳如像是被吸引而去——直接栽進史黛菈的心窩。

她的〈泰山〉以雙腳五指抓緊地面，牢固地支撐全身。

藉此將愛德貝格的質量化為自己的一部分。

這遠遠超越巨龍的壓倒性質量凝聚在一點，刺穿史黛菈的心窩。

「——～～～～～～呃啊、哈!?!?」

她輕易將史黛菈的身軀彈飛數十公尺，直接撞向愛德貝格延伸至山頂的巨大岩壁，隨之倒地。

她甚至無力掩護自己，以臉著地。

但這怪不得她。

衝擊史黛菈心窩的力道之龐大，以非伐刀者的比喻，就像是拿鐵製十字鎬全力敲向腹部。

肌肉潰爛、骨骼粉碎、內臟破裂。

外表勉強還維持著人形，但薄皮之下已經如同絞肉。

這種劇痛足以奪命，她不可能熬得過去。

「啊、咳！呃咳!!咳咳、唔咿咿！」

不趕快站起來，會受到對方追擊。

現在要是再吃上一擊，一定會直接喪命。

她心裡雖然著急，但從未感受過的劇痛從腹部蔓延至全身，她只能不斷嘔出鮮血與嘔吐物，痛得打滾。

然而——

（她、沒有上前追擊……!?）

她心想萬事皆休，做好敗北的心理準備。但時間過了十秒、二十秒，〈巨龍生命力〉絕佳的治癒能力已經完美修補好破爛的內臟，小莉仍然沒有進攻。

她到底想幹什麼？史黛菈終於坐起身，重新面對敵人。

「哎呀……這下可糟糕了。」

小莉仍然站在原地，苦惱地盯著自己的拳頭。

她的舉動太莫名其妙。史黛菈一邊咳嗽一邊以雙腳站起，重新舉劍——

「咳咳、呃呵……妳在……說什麼糟糕啊……？」

她問道。小莉回答了她：

「我沒想到史黛菈閣下的力量這麼驚人。要是用這種力量繼續跟史黛菈閣下比試……我可能會失手殺了史黛菈閣下。」

「！」

「偶有武術家在比試中喪命、喪失身體機能等等，這並不需要引以為恥，不過我還是希望盡可能避免這種事。」

小莉解釋道，接著一臉嚴肅地看向史黛菈，鄭重拜託她：

「可以請妳投降嗎？」

「唔、不過是稍微得到強一點的能力，少在那裡得寸進尺!!」

她不願親下殺手，希望史黛菈接受這個結局。

憤怒使史黛菈傷痕累累的身軀再次沸騰。不過——

「史黛菈閣下不會以為妳自己贏得過我吧。憑妳的實力應該感覺得出來呀，妳為什麼要逞強呢？」

「唔……」

對方的表情就像是大人在安撫耍賴的孩子。

史黛菈無法否定。

她剛才就已經感覺到了。

與〈魔人〉交手時一定會有的感受，窺視深淵的恐懼。

這份恐懼逐漸增強。

好比是深淵底層噴發出比夜色更深沉、濃烈的黑暗，逐漸侵蝕自己——

但是——

「……閉嘴！」

史黛菈拚命甩開腦中的想像——

（沒問題……！我贏得了她……！對方跟我一樣，都是人類！）

「唔啊啊啊啊!!!」

史黛菈心中不停默念：「贏得了、贏得了」，以毫無根據的話語激勵自己。

為了不輸給〈魔人〉的引力。

為了繼續保有〈紅蓮皇女〉之名。

她拚命堅守搖搖欲墜的自信，希望相信自己到最後一刻。她放聲嚎叫，揮動靈魂之劍。

史黛菈卯足全力、鼓足呼吸，使勁揮動〈妃龍罪劍〉，一砍再砍。

她只是一個勁地想揮開籠罩在命運前方的烏雲。

此時的每一劍不再帶有任何技巧、戰術，只是平凡劍士常見的攻勢，劍招粗糙，滿是破綻。

但是換成史黛菈這種等級的超人體能進行同樣攻勢，那就另當別論。

她無人能擋的臂力製造出這陣鋼鐵亂流，尋常伐刀者恐怕一瞬間就遭到吞沒。

不過——

「看來焦急遮蔽了妳的雙眼，讓妳迷失退卻的時機呢。」

史黛菈的對手非比尋常。

〈饕餮〉福小莉從容地應付這陣龍捲風般的胡亂攻擊。

她沒有移動任何一步，只靠一隻右手。

就像在揮趕惱人的蒼蠅，她接下、彈開攻擊，過程甚至沒擦破一塊皮。

小莉每接下一擊，史黛菈就從手感感覺到無邊無際的質量。

她深深體會到愛德貝格——大自然的雄偉，一個人類絕對無力動搖。

史黛菈雜亂無章地揮劍，內心著實感受到自己的徒勞無功——

「!?!?」

這股無窮無盡的質量忽然敲向史黛菈的側頭部。

史黛菈的身體瞬間彈飛，摔落地面。

「啊啊……唔、唔——！」

這股衝擊媲美〈沙漠死神〉的拳頭。史黛菈的頭部遭受如此攻擊，頭蓋骨裂開了一條縫。

一般人受到這種外傷，恐怕會直接喪命。

但是史黛菈立刻掩護要害，起身重新舉劍。

史黛菈維持在〈龍神附身〉狀態，這點傷算不上損傷。

但即便她能立刻治療肉體的傷害，卻無法避免精神打擊。

史黛菈鮮紅的雙眸顯露著濃濃的疑惑。

史黛菈不明白，自己剛才究竟受到什麼攻擊？

小莉**什麼也沒做**。

她隔著刀劍的距離，近得能聽見對方的呼吸，她很肯定這一點。

她只有防禦自己的亂劍，並未出現進攻姿態。

但是自己卻受了傷。

完全隱形的攻擊。

史黛菈重新思考方才的異常現象，認定隨便接近太危險。

既然如此——

「〈地獄龍大顎〉——!!」

史黛菈改變進攻手法。

以自身魔力變化出七頭火龍攻擊小莉。

她打算以遠距離的魔法攻擊找出一條活路？

不——並非如此。

（小莉現在正在模仿我的巨龍之力……！）

若非聚集〈燃天焚地龍王炎〉等級的火焰，沒辦法有效造成傷害。

實際上，小莉面對這次〈地獄龍大顎〉，**甚至完全沒有做出掩護**。

她只是若無其事地佇立著，直接沐浴在火焰之下。

小莉現在身負巨龍之力，全身流淌滾燙的灼熱血液，這股火焰就好比微風，僅能些微吹動她在監獄留長的髮絲。

史黛菈當然心知肚明。

〈地獄龍大顎〉不過是用來布局。先以火焰遮蔽敵人視線，施展〈陽炎暗幕〉，藉由光線折射隱藏自己的身影，趁機繞到背後給予致命一擊——

「——!?」

但是從死角揮下的一劍並未命中小莉。

她接下了。跟剛才一樣，只用兩隻手指夾住了劍身。

然而這次——她是背對著自己。

（為、為什麼……）

「妳的表情好像在問『我為什麼會發現』呢。」

「唔……！」

「剛才的火焰**感覺不到想打倒我的『意念』**。空有外表的假貨，虛假的殺氣。妳居然認為那種東西瞞得過我，還真有點、遺憾呢。」

小莉說著，夾住〈妃龍罪劍〉的手指逐漸施力。

她似乎想從史黛菈手中奪走劍。

怎麼能讓她得逞？史黛菈當然使勁對抗，將劍拉回來。

不過這正是小莉設下的陷阱。

史黛菈往回拉的瞬間，小莉忽然放開了劍。

史黛菈被自己的力道向後彈，破綻大開。

小莉趁機展開攻勢。

她向後奮力轉身，施展經過加速的迴旋踢。

她一腳掃向史黛菈的側腹。

史黛菈的運動神經也是非比尋常。

她動用全身肌肉強行拉回失去平衡的軀體，以劍柄接下迴旋踢。

——她接住了。

「呃哈……!?!?」

但衝擊仍然貫穿了史黛菈。

不、與其說是貫穿，不如說踢擊透過劍的接觸面，直接在她體內炸開了鍋。

中國拳法的奧祕。黑鐵一輝的〈毒蛾太刀〉正是以其為基礎。

這就是正宗的「滲透勁」。施加衝擊，從內部破壞對手的肉體。

巨龍無論覆上多麼強勁的肌肉鎧甲，內臟終究是柔軟、脆弱的。

衝擊大肆蹂躪脆弱的臟腑，史黛菈吐血倒地。

（她在近戰中的攻擊手段太多變了……）

不論她如何窮盡全力迴避、抵擋，全都毫無意義。

小莉讓史黛菈體會這個現實——

「妳還不能接受嗎？」

她俯視著史黛菈，有些困擾地問道。

這是輕視，更是同情。

對騎士來說，這是無上的侮辱。

但是——她卻無法證明對方的行為只是侮辱。

「唔……」

她面對無力回天的實力差距，只能咬緊牙根。

名為「氣餒」的烏雲逐漸籠罩內心。

但即使如此——

「還沒、還沒完……！」

史黛菈仍在氣餒之中苦苦掙扎。

小莉見到稚嫩的敵人仍在垂死掙扎——

「那妳快點察覺這一點吧。」

她只能嘆口氣，一腳踢向好不容易站起身的史黛菈。

◆◇◆◇◆

在那之後的十幾分鐘。

兩人的比試已經不能用「戰鬥」來形容。

史黛菈的攻擊不但無法推開、動搖小莉分毫——

「喝！」

「呃、唔！」

每回抵擋攻擊時，只有小莉的反擊不斷擊中史黛菈。

全數命中，史黛菈擋不住任何一擊。

史黛菈當然不是重複莽撞地進攻。

她在這十幾分鐘內絞盡腦汁，盡她所能動用所有的進攻手段。

遠距離魔法、近距離斬擊、兩者兼具的所有技巧。

但是在中國四千年歷史面前全都無用武之地。

小莉並沒有卸除、扼殺力道——而是全部正面**承接**下來。

她承受所有攻擊之後，仍然不為所動。

小莉緊扣山脈，全身重心存在於愛德貝格最深邃的底層。

她的姿態形同〈泰山〉。

恍若那座矗立於中國山東省大地的宏偉山峰。

沒錯，史黛菈的舉動就像是想拿劍斬斷龐大的山峰。

她的劍招確實剛強力大。

一揮足以震盪氣流，一劈足以天搖地動。

但她能動搖的僅限於大地的一部分。

其剛強能擊碎山峰表面的小部分岩石，卻無法斬斷深入地心的山岳本身。

史黛菈的挑戰無法開花結果，只能無功而返。

不，徒勞無功或許還算是好的結果。

因為史黛菈面對的泰山擁有人形，還會進行反擊。

史黛菈一次又一次受到迎頭痛擊，身體被打飛到半空中、撞上岩床。

而現在也是──

小莉的軸心腳仍寸步不移，只有史黛菈又撞又摔。

多多良在一旁觀戰，見到這一面倒的戰況，不禁咬緊牙根。

「唔！那個笨蛋，為什麼會兩三下就隨便遭到反擊……！」

「對她來說一點都不隨便。」

身旁的阿斯卡里德否定多多良的說法。

她的武藝高於多多良，她能看破小莉現在使用的高級技巧。

「那是〈饕餮〉太高明了。她利用史黛菈的劍或手臂隱藏自己反擊的出招位置。」

「……是、障眼法。」

沒錯，小莉趁著史黛菈出招，將自己的攻擊全都隱藏在她自己的手臂或劍的陰影之下。

障眼法——在空手中稱為「簾」。

史黛菈感受到的「隱形攻擊」正是這項技巧。

也就是說，小莉面對鍥而不捨的史黛菈，神情半帶不耐，出手時也小心翼翼地斟酌力道，避免殺死對方——但是她的攻擊絕不隨便。

她會顧慮對手，減少施力，卻從未放鬆精神上的戒備。

她始終提防著可能出現的反擊，蓄勢待發，以便隨時能全力回擊。

（沒有破綻啊……）

小莉這名武術家的實力幾近完美。

贏不了。

事實已經如火光般明瞭。

旁觀者都已是一目了然，史黛菈自己當然是心知肚明。

然而——

「……啊……啊啊……」

史黛菈的側頭部遭到擊中、身軀受到拳打腳踢，摔倒在地面，仍然掙扎著想爬起身。

她以〈妃龍罪劍〉支撐身體，雙腳不停顫抖。

她全身已經傷痕累累。

〈巨龍生命力〉帶來的治癒能力早已見底，身軀持續受到單方面毆打十幾分鐘，全身已經疼痛不堪；暴露在外的肌膚上滿是顯眼的瘀青，瘀青甚至由青轉黑，顯示肌膚下方早已壞死。

多多良見到史黛菈悽慘的模樣，按捺不住地大喊道：

「已經、已經夠了吧！史黛菈，妳不知道什麼叫做知難而退啊！」

「…………」

史黛菈仍未停下。

她的腳步踉蹌，搖搖晃晃地走向小莉。

她沉重地拖著劍向前走，似乎已經無力舉劍。

阿斯卡里德與多多良看著史黛菈的側臉，立刻就察覺。

「糟糕，她失去意識了。」

「！」

沒錯，史黛菈的雙眸早已失去意志。

黑暗蒙上她的雙眸，逐漸失去光彩。

她一再起身，不願放棄戰鬥，或許是因為騎士的本能？

抑或是〈紅蓮皇女〉的尊嚴推動著她？

無論原因為何，她再繼續承受攻擊，即便小莉如何手下留情都會危及性命。

「混帳！」

多多良立刻打算上前阻止兩人，但是——

「不行！」

阿斯卡里德抓住多多良的肩膀，就在這剎那——

「呃!?!?」

一股劇痛襲上多多良全身，就像是有人直接拿刀捅進心臟。

這股疼痛實在太過猛烈，多多良當場痛得倒地。

「這是、什麼鬼……!?」

「這是〈聖約之儀〉的力量。我們的心臟已經敲入誓約之楔，一打算違背約定，這力量立刻會撕裂心臟……！」

「混帳、東西……！」

多多良怒罵著，同時痛得冷汗直流。

若不是阿斯卡里德及時阻止她，那把看不見的刀刃就會直接撕裂自己的心臟。

這股痛苦足以讓她相信這個可能性。

（那個蠢蛋，居然讓我定下這種要命的約定……！）

她只是多走了一步，想上前幫助史黛菈，就落得這種慘樣。

她是沒辦法阻止兩人的戰鬥了。

到底該怎麼辦？多多良拚命絞盡腦汁——

「妳很善良呢。」

「！」

忽然有人對她說道。

她看向聲音傳來的方向，一道朦朧的潔白隱隱在黑夜中閃耀。

來人手持一對恍若羽翼的雙劍，世界最強的劍士就在那裡。

「愛德懷斯……」

「混蛋，妳來幹什麼……」

多多良與阿斯卡里德雙雙驚呼。愛德懷斯對兩人說道：

「是我疏忽了，我沒有料到〈饕餮〉會來訪。所以我來解決這場紛爭。」

接著她化作勁風通過兩人中間，前去阻止戰鬥。

兩人這才放下了心頭的大石。

愛德懷斯並沒有發誓「不幫助史黛菈」。

她只答應在史黛菈達成條件後，與史黛菈交手。

愛德懷斯有辦法阻止史黛菈。

阻止她那魯莽、幾近自殺的舉動。

就這一瞬間──

「「!?!?」」

一陣漆黑烈風颳過多多良與阿斯卡里德之間。

接著黑風以極快的速度追上白風——

「!!」

比黑夜更加暗沉的刀刃朝著愛德懷斯的後頸一揮而去。

這是殺招，而且不帶半點遲疑。

無論多麼出人意表的奇襲，都不可能一刀擊潰世界最強的劍士。

愛德懷斯隨手以雙劍接下攻擊。

但是她的表情卻十分困惑。

她並非訝異這次偷襲——

「——一輝？」

而是對偷襲者的身分感到驚訝。

沒錯，這個人阻止愛德懷斯，不讓她前去保護史黛菈。

他巧妙地替換位置，阻卻愛德懷斯的去路。

這個男人竟然就是史黛菈的伴侶——〈落第騎士〉黑鐵一輝。

「我不會讓妳去救她的，愛德懷斯小姐。」

◆◇◆◇◆

一輝忽然向愛德懷斯揮刀相向，阻止她前進。

多多良感覺莫名其妙地喊道：

「喂、喂喂喂！你搞什麼鬼啊！她是要去救史黛菈——」

「所以我才阻止她。」

「為、為啥……!?」

你是史黛菈的男朋友，為什麼要妨礙別人救她？

一輝開口回答：

「我一開始也同意這麼做。史黛菈自卡爾迪亞一戰之後，顯然就是不夠沉穩。所以……我原本是為了在她衝過頭的時候阻止她、保護她，才會一起跟來愛德貝格。因為……**那個國家的人們根本不希望**史黛菈為了他們不停傷害自己。」

史黛菈在卡爾迪亞的時候曾經說過。

她需要力量驅除法米利昂的威脅，那怕是與對手同歸於盡。

不然自己的性命毫無意義。

但是她的想法錯了，大錯特錯。

那個國家的人們如此溫柔，為了史黛菈舉國挑戰自己，怎麼可能希望她為了他們而死？

假如史黛菈執意成為守護眾人的利劍，主動涉險，一輝當然非阻止她不可。

沒有人會為她的行為感到高興。

但是——

「可是……在對您的劍立誓的時候，我忽然發現自己弄錯了。」

『各位這麼擔心我，打死我也沒辦法拜託你們相信我。我沒資格說這種話。所以……**拜託你們**，請你們讓我相信我自己。』

史黛菈當時確實是這麼說。

她不是「要」他們相信她，而是「拜託」他們讓她相信自己。

她**誠心地請求他們**。

一輝從她的請求察覺到一點。

史黛菈可能隱隱發現到，其實沒有任何人希望她繼續橫衝直撞。

仔細想想，這也是理所當然。那些人們那麼疼愛她，她當然知道他們疼愛的不是〈紅蓮皇女〉，而是〈史黛菈〉。

但是史黛菈仍然執著於〈紅蓮皇女〉的身分，把皇室成員的職責、法米利昂之劍云云掛在嘴邊，用這些煞有其事的藉口欺騙自己。

究竟是為什麼？

一輝不知道她的理由。

但是他能明白，她即使違背珍惜她的那些人，也希望繼續貫徹「自我」。

「假如史黛菈真的是為了法米利昂的眾人才去冒這個險，我無論如何都會阻止她。不過，事實並非如此。她現在是為了自己無法讓步的某個原因而戰。為了不放棄『自我』，拚死抵抗……！」

周遭的人們一再將現實丟到她眼前，告訴她那件事辦不到、必須放棄，她仍然不委身於現實，絕不捨棄心中的不甘。

她的想法不正是自己的生存方式？而她是那樣深愛著自己。

既然自己能體會她的心情，當然得在身後推她一把！

「所以我才對您的劍發誓。無論在這之後發生什麼事，只要史黛菈還沒放棄自己，繼續奮戰，我都會相信她的『自我』直到最後一刻……！若是有任何人意圖阻止這場戰鬥，我會親手為她掃除所有阻礙，讓她繼續相信她自己！」

即便全世界都批評他的舉動——

即便他的行為可能招致最糟糕的結果——

這就是他為了最愛、最強的勁敵，唯一能幫她做的一件事——

「我以我的最弱（最強）宣誓，這次絕對會阻止您……！」

一輝將黑刀刀尖指向敵人，阻擋她的去路。

愛德懷斯注視著他的模樣——

「原來、是這麼回事……」

她終於察覺自己最大的疏忽。

對愛德懷斯來說，她與史黛菈一行人簽訂〈無瑕誓約〉，不過是為了順利將史黛菈束縛於此地。

但是這名少年卻是賭上自己的性命以及失去心愛女孩的風險，誓死守護〈紅蓮皇女〉的尊嚴。

失策了。

她不該逼出他的決心。

結果是自己太過小看這份〈誓約〉。

一輝的雙眼之中閃爍著堅決與矛盾。一方面想立刻奔上前幫助史黛菈，另一方面又極力壓抑自己的衝動。

她無法靠語言說服少年退開。

他不會輕易聽從。

既然如此——

「話都說到這個份上了，你想保護她？那就試試看吧。」

繼續這場對話只是浪費時間。

愛德懷斯為了拯救史黛菈，舉劍斬向黑鐵一輝。

一輝當然接下挑戰。

雙方皆是在初速達到最高速，閃光般的劍招開始一來一往。

但是——

（果然還是、太弱了！）

「……！」

白銀閃光壓制住漆黑閃光。

就如同揮開擋路的小樹枝，輕而易舉。

這就是世界最強的劍士與尋常劍士的差距——當然不是。

愛德懷斯數天前親口證實，一輝的劍術早已抵達超人的領域。

他並不弱，不可能呈現這種一面倒的戰況。

他會輕易落於下風——是因為疲勞。

一輝在這幾天裡進行著極為艱苦的鍛鍊，與史黛菈的經歷相比根本是有過之而無不及。

他在人類的生存範圍之外——標高九千公尺的地帶上，將肉體與精神耗費到極限。

他當然已經疲憊不堪。

而且不只是肉體疲勞，魔力也到了極限。

現在的一輝身心都已經精疲力盡。

當然也無法使用〈一刀修羅〉。

「哼！」

愛德懷斯當然能輕易擊退眼前的對手。

「唔、啊!?」

數招過後，左劍向上彈開〈陰鐵〉，擊潰一輝的防禦陣勢。
愛德懷斯隨即以右劍滑入破綻大開的身軀。
這一斬橫掃軀幹，即將決出勝負。
（結束之後，我會為我輕視你的決心致上歉意。但是……我認為〈紅蓮皇女〉的故事還不該在此落幕。）
所以她必須去救出史黛菈。在場的眾人只有她自己沒有立下〈無瑕誓約〉，只有她救得了史黛菈。
愛德懷斯抱持這份決心，揮劍斬去。
一輝連忙打算拉回〈陰鐵〉，但為時已晚。
假如是面對尋常對手，他或許還能以擅長的刀柄接劍。偏偏他的對手是〈比翼〉。
她的劍術與自己同樣極快無比。
無法防禦。
斬擊如閃電般直線斬向破綻百出的側腹——
「————!?!?」
下一秒，愛德懷斯的神情因為訝異而凝結。

〈聖約之儀〉確實觸及一輝的側腹。

但是──**劍刃卻無法繼續前進**。

她無法揮滿劍。

愛德懷斯的劍刃停下的那一刻──

「──！」

漆黑閃光介入那短暫的抗衡。

沒錯，一輝本來就不是為了防禦，而是為了反擊拉回〈陰鐵〉。

目的是以大斜斬斬斷愛德懷斯的肩膀至鎖骨。

愛德懷斯過於震驚，使她的反應慢了一步──

「唔……」

但她仍及時以左劍抵擋，世界最強的劍士果真實至名歸。

然而她是在危急一刻擋下斜斬，來不及踩穩腳步。

愛德懷斯向後彈開了一大步。

是的──是一輝擊退了她。

世界最強的劍士竟被他人擊退於自身支配的距離之外。

「什、麼!?」

「竟然從那個距離……擊退〈比翼〉……!?」

多多良與阿斯卡里德未曾料到這個狀況，臉上滿是錯愕。

但愛德懷斯的訝異遠遠超越兩人。
她並非驚訝自己遭到擊退。
而是從劍身傳回右手的堅硬衝擊。
愛德懷斯頓時明白——
黑鐵一輝剛才的舉動。
（這是、魔力防禦……！）
活用魔力抵禦衝擊。
這技巧本身並不足為奇。
伐刀者運用魔力抵擋物理衝擊，是非常稀鬆平常的狀況。
史黛菈與一輝進行模擬戰時，僅是洩漏出來的魔力就足以抵禦一輝的刀。
〈七星劍武祭〉賽事中諸星也曾從全身釋放魔力，試圖減弱一輝的猛攻。
剛才的現象與這些狀況相同。
——但只有**擁有充足魔力的伐刀者**才能理所當然地使用這種防禦。
黑鐵一輝並非如此。
他原本的魔力過於稀少、脆弱，根本不足以減緩物理衝擊。
一輝若要使用這種防禦，只有一種方法。
就是把魔力聚集在刀刃將要擊中的部位。
完全沿著對手的刀刃釋放魔力，不能有任何一絲偏差與誤算。

然而他要面對世界最強且最快的斬擊，其劍速甚至無法以肉眼辨識劍路。**辨認劍路之後根本來不及釋放魔力**。

他必須提前看穿對手的劍招。

至少要提前兩招、三招，看穿經過數道攻防後的未來，讀取愛德懷斯手中白劍描繪的斬擊軌跡。

他要是誤判分毫，劍刃將會直接砍進毫無防備的肌肉。

然而，結果卻如方才所見。

黑鐵一輝達成了這神乎其技的過程。

「愛德懷斯小姐的訓練給了我靈感。就和倒立在愛德貝格的頂端一樣，只要將釋放魔力的部位壓縮至極限，我或許也能像以前的史黛菈那樣，以魔力進行防禦。」

「如此觀察力……太驚人了。」

這名少年實在令人刮目相看。

愛德懷斯低喃道，但一輝卻搖了搖頭：

「一點也不驚人。我只是別無選擇，只能以這種方式苟延殘喘。」

「……！」

「我只能變強，絕不放棄自己。唯有這麼做才能保有自我。那個家裡沒有任何人對黑鐵一輝抱以期待，至少當時的我是真心這麼想。所以說得難聽點……我只能**依賴**這種生存方式。但是史黛菈不一樣。」

她受到眾人的疼愛。

每個人都期待她出生在這個世界上。

就算她沒有任何能力，只是個單純的普通人，相信法米利昂的人們仍會珍惜她、關心她。

因為他們疼惜的人是〈史黛菈〉，而不是〈紅蓮皇女〉。

她……原本應該能按照他人期待，以更輕鬆的態度度過一生。

但是──

「史黛菈還是不願捨棄〈紅蓮皇女〉！即便她燒爛了全身，無數次感受過自己的無力，她現在更面對著毀滅的定數，但是她卻從未逃避，一次也沒有。只要她希望，她隨時都能得到一個安心的避風港，一個舒服溫暖的歸處，可是她卻總是朝著嚴苛、苦難而去──堅持活在理想之中。她不是單憑衝勁，而是以自己的意志做出決定！」

誰能辦得到？誰能模仿她的作風？

只有〈紅蓮皇女〉史黛菈．法米利昂做得到這一切。

弱小如一輝都能跨越命運的束縛，這名高傲的騎士怎麼可能死於命運之手？

她一定會為了自己心中無法退讓的理由，跨越那道枷鎖。

一輝如此堅信著。所以──

「請您別太小看我最喜歡的騎士……！」

當一輝說出這番話的瞬間──

一切彷彿在呼應他的話語。

一輝身後，史黛菈與小莉對峙的戰場上，傳來今夜最響亮的刀劍敲擊聲。

◆◇◆◇◆

一輝與愛德懷斯展開衝突前不久，小莉忽然察覺眼前的異狀。

「…………！」

史黛菈施展不知道第幾十次的斬擊。她以拳套隨手接下攻擊，並以腳趾尖施展銳利的踢擊，使勁踢中史黛菈的腹部。

史黛菈的身體輕易地被踢飛，無力掩護要害，虛軟在地面上滾動。

從剛才開始像是不斷倒帶似的，一直重複同樣的場面。

每重複一次，小莉的神情就更嚴峻一分。

（這太奇怪了。）

戰鬥明明是自己壓倒性占上風。

相對於自己毫髮無傷，史黛菈早已耗盡氣力，甚至無力治療外傷。

她全身體無完膚，渾身浴血，四肢無力。

剛才踢中她的腹部時也一樣。

腳趾尖感覺到肌肉十分鬆弛。

衝擊應該直接搗進了內臟。

敵人火紅的雙眸汙濁不堪，其中僅留存絲絲微光。

她的眼前恐怕早已無力視物。

只剩下最後一擊，就能熄滅最後的殘光。

（……可是我到底重複幾十次最後一擊了？）

而現在在小莉眼前，史黛菈居然再次爬起身。

她將〈妃龍罪劍〉插進地面，勉強以顫抖的雙膝撐起身體。

眼瞳深處，仍然蘊藏著那微乎其微、只有針尖般細小的光芒。

——就是那道光芒。

自己已經足夠讓對方體會彼此的實力差距。

她的全身早已形同行屍走肉。

但是——

（雙眼深處那抹光芒……沒有熄滅。）

而且對手又會再次上前挑戰。

她的身體早就無法筆直前進，但她仍然拖著劍逼近小莉，朝小莉揮劍。

但這副慘狀下揮出的斬擊，根本沒有任何殺傷力。

沒有力道、沒有力勁，只是任憑劍身的重量驅動身體，出劍姿勢搖晃不定。

小莉當然能隨手揮開這一劍。

理所當然地——

（可是……！）

「～～～！」

小莉以拳套接下劍招，表情卻頓時一皺，隱隱透露著痛苦。

從外表看來，這一斬根本不含任何力道。

但是——很沉重。

衝擊著實透進了骨肉。

當攻防每重複一次，斬擊就變得更沉重。

小莉眼見這種異常狀況，暗自下定決心。

（以武術殺生即為失敗。所以我才小心翼翼不傷其性命，不過——）

對方如此頑強，小莉實在無計可施。

再繼續重複同樣的狀況，她真的會失手殺死史黛菈。

既然如此——只有連擊了。

她現在一口氣上前，以連擊完全擊碎對方的意識！

「喝啊！」

小莉抓住手中擋下的〈妃龍罪劍〉，一把拉過。

史黛菈的身體頓時向前倒去，小莉迎面就是一踢！

從下而上，垂直踢上下巴。

她不再手下留情。

支撐愛德貝格的沉重一擊之後，頓時傳回擊碎骨骼的觸感。

但她並未停歇。

「——啊啊啊啊!!!」

小莉以雙拳展開連擊。

拳頭如雨般落在疲憊的身軀、毫無防備的頭部。中國引以為傲的翻子拳素來享有「雙拳密如雨，脆快一掛鞭」的美談，而小莉的神速雙拳更是遠遠超越此一武術。瞬息之間就能連打十七次，卻只傳出一聲毆打肉體的聲響，常人肉眼早已無法跟上其拳速。

對瀕死之人而言，這是過度的暴力。

史黛菈直接承受這媲美機關槍的連擊，身體大幅度向後仰——

她直接向後——仍未倒下。

身體雖然向後仰去，卻撐住了——

「啊、啊啊、啊啊啊啊啊啊啊啊!!!!」

「——!?!?」

她拉回身體，順勢將〈妃龍罪劍〉劈向小莉。

今晚最響亮的武器碰撞聲震撼氣流。

這一擊其重無比，勝過史黛菈今晚施展出的任何斬擊——

小莉至今文風不動的〈泰山〉居然被這一劍擊飛出去。

小莉以腳趾削刮岩石，仍然後退了數公尺。

〈蠻鬼〉接下了斬擊，她本人沒有受到任何損傷。

但是她的表情卻染滿驚駭與混亂。

敵人已經承受那般猛烈的連擊，卻還有力氣反擊。

汙濁至極的雙瞳深處，微光仍舊閃耀。

彷彿是宇宙深沉無盡的黑暗之中，燦爛閃耀的一顆星。

這股光芒、這份情感始終支撐傷痕累累的史黛菈。

那是她身為法米利昂皇室的尊嚴，身為〈紅蓮皇女〉、法米利昂之劍的責任感——並不是。

小莉的雙拳早已擊碎那些**偽裝**。

生為絕對強者的自尊心、長年鍛鍊的自信，全都被超凡的武術一拳又一拳剝除殆盡。

但是，即便如此——

她的心中還殘留唯一的事物。

唯有這份情感毫不褪色，仍舊燦爛奪目。

那是——感謝。

是她對於自己的雙親、姊姊，以及所有活在法米利昂的人們抱持的——謝意。

（啊啊……就是這樣。）

史黛菈已經聽不清楚、眼前一片模糊，而她在朦朧的意識之中回想起一件事。

自己第一次展現能力的那一天，發生了一件事。

就是那件事讓自己決心走上騎士之道。

當天自己和幼稚園的同學參與課程，一起去看了木偶戲。就是這一天，她過於強大的能力害得她全身嚴重燒傷。

她就在這種地方突然全身冒火，當然也害得其他人一起受傷。

幸虧大人迅速應變，沒有人死於這場意外，但還是有許多人燒傷、損失財物。

初次展現能力時無關持有者的意志，大多是突發性的。年幼的自己根本沒有任何惡意。

就算這是常識，人們能用腦袋理解，通常仍會有人抱怨火災發生的主因。

——但是法米利昂沒有任何國民責怪自己。

不只如此，當時的自己因為突然展現能力、燒傷的痛苦陷入混亂，不停哭叫，他們卻擁抱她，拚命為她打氣。幼稚園的老師、劇團相關人士，甚至是眾多受火災波及的人們，自己不知何時會再次噴火，他們卻始終沒有離開自己身邊。

沒錯，其實她早就知道了。

那個國家的人們在她還沒有任何名號的時候，就十分疼愛〈史黛菈〉。

那些人絕不希望〈史黛菈〉為了他們受傷。

她心知肚明。

〈史黛菈〉明知道這一點，卻執意成為〈紅蓮皇女〉。

因為她是皇室成員、因為她是騎士，所以她一定要保護大家。儘管有人為了〈史黛菈〉反對她踏上騎士之道，她還是扔出這些冠冕堂皇的理由欺瞞周遭的人們和自己，獨排眾議，始終堅持〈紅蓮皇女〉的身分。

這是為了什麼？

原因只有一個。

她現在終於明白了。

她剝離所有外在的虛假之後，清楚地明白那個原因。

（我只是想在大家面前耍帥而已。）

這些好人疼愛自己、培育自己、以自己為榮。所以她不想當個愛哭鬼，一味貪圖大家的疼愛。她想成為所有人「引以為傲的女兒」。

這就是〈紅蓮皇女〉的起點。

她深深感謝故鄉眾多親如父母的人們，由此萌生出小小的堅持。

想讓最喜歡的大家看看自己最帥氣的一面。就是這麼一點虛榮心。

但是她就只靠著這份渺小的「自我」——不論她被自己的火焰灼傷幾次、無論周遭的大人再怎麼責罵她、要她放棄，她仍然毫不動搖……而現在，這份「自我」仍然支撐她搖搖欲墜的心靈。

她無論面對什麼樣的命運，她絕不會拋下這份感謝，對此深信不疑。

——那麼，走吧。

身體還能動，那就向前邁進。

她為了貫徹「自我」精心鍛鍊這副身軀，而這副身軀還沒有認輸。

就將始終照亮心靈的感謝灌注於劍上，親手劈開擋住道路的黑暗。

不是因為皇室成員的義務；

也不是因為法米利昂之劍的責任；

而是為了父親、母親、姊姊，以及故鄉那群疼愛、養育自己的家人——

讓他們自豪地看著，他們寵愛的小愛哭鬼已經成為獨當一面的騎士了……!!

「煉獄之焰，貫穿蒼天。」

◆◇◆◇◆

「──！」

《饕餮》福小莉前進的一瞬間，她看見了。

《紅蓮皇女》史黛菈．法米利昂緩緩將《妃龍罪劍》高舉向天。

她曾經看過這個架勢，她不會認錯。

這架勢正是她擁有最強火力的伐刀絕技──《燃天焚地龍王炎》。

但是劍上的火焰虛弱無力，只覆上分毫紅蓮火光。

與方才見到的《燃天焚地龍王炎》簡直有天壤之別。

但這也是理所當然。

史黛菈已經耗盡氣力，甚至無法恢復那陣連擊造成的傷勢。

全身皮開肉綻，筋疲力盡，這副悽慘模樣不可能做出十足攻勢。

自己都能從容接下全盛時的《燃天焚地龍王炎》，這點攻擊不足為懼。

她沒道理在乎這一擊。

這種──

小莉將這種**廢話**掃出腦中。

她必須這麼做。

因為史黛菈劍上的光芒，和她雙眼之中——小莉始終無法熄滅的那道微光一模一樣……！

（看來是我自己看走眼了呢。）

她輕視史黛菈，認為對方只是「弱者」，無須賭上性命交戰。

她的誤解現在看起來多麼愚蠢。

快看那雙眼。

那副表情看起來像是「弱者」嗎？

她的實力同樣優秀，再不情願都會明白彼此的力量差距。她數次痛切體會到自我命運的極限，但是那雙眼眸深處仍然存有一簇火光，在氣餒與絕望的漆黑之中持續綻放光芒，並且不偏不倚指向小莉的性命。

她的心中確實擁有信念。

無論身處何種危機都無法放棄的信念。

——就等同於自己對於祖國的榮譽感。

所以她不會喪氣，她絕不會輕易輸給挫折。

只要靈魂的火苗仍未熄滅，她一定會不斷前進。

然後她的執著必定會抓住目標，在不遠的未來，親手奪取自己的性命。

小莉錯了，她不該對史黛菈手下留情。

既然自己希望為了祖國成為最強的鬥士——

（眼前的她是『敵人』！現在必須確實地在這裡擊敗她！）

「哼嗯——!!!!」

小莉大喝一聲，氣勢洶洶，使勁踏穩岩床。

在她右腳上的鐵球腳鐐瞬間彈飛。

接著——

「謝謝妳，請恕我收回至今所有無禮至極的態度與發言。妳的確是個好敵手，絕對值得我展現中國四千年的一切，使盡渾身解數擊敗妳。所以——」

就讓她見識一下。

自己的全力，〈神龍寺〉耗費四千年歲月，最終抵達的四象拳頂點！

小莉心意已決，閉上雙眼。

雙手伸至頭頂，描繪半圓，同時吸氣。

緩慢、卻有力。氣息將肺部充實至極限，活力渲染至每一滴血液之中。

接著，將全身高漲的力量——

「哈啊啊啊啊啊啊啊啊啊啊啊——!!!!」

伴隨撼動天地的咆哮，全部釋放！

這一剎那，小莉的身體噴發出藍焰，藍焰化為火柱直衝天際。

灼熱的氣焰將黑夜化為一片藍白。

力量洪流洶湧無比，至少比小莉至今釋放的力量高上整整一個層級。

沒錯，這就是小莉自身，以及整套四象拳的絕技。

〈神龍寺〉的鬥士之中，只有現任〈鬥神〉——〈大老師〉與天才〈饕餮〉抵達這項極致。

四象拳奧義——〈麒麟功〉。

這套呼吸法能聚集全身魔力、體力、精氣，在瞬間解放所有的力量，暫時擺脫生存本能設下的所有保命限制，在短時間內將自己的鬥技（伐刀絕技）提高數十倍。

在一旁觀戰的一輝見到這道直衝雲霄的蒼焰，他立刻就發現了。

（這力量、是……！）

對方的力量與自己的伐刀絕技〈一刀修羅〉，同為專注力的最高造詣。

而且〈麒麟功〉強化的可不是〈落第騎士〉那點貧瘠的能力。

強化的對象正是〈紅蓮皇女〉史黛菈·法米利昂的巨龍之力。

〈饕餮〉超乎想像的實力，讓一輝壓抑在心頭的不安頓時高漲。

但小莉並不會顧慮旁人對於史黛菈的擔憂，她將〈麒麟功〉強化過的巨龍之力全部包裹於〈饕鬼〉之上，雙手化為光與熱凝聚的藍白電漿。

發光的雙手握拳，將力量、意志，以及自身引以為傲、中國四千年的一切全部握進手中——

「接招吧！」

〈饕餮〉今天第一次顯露利牙，只為將眼前緊咬不放的巨龍送上西天！

◆◇◆◇◆

小莉將雙手化為太陽，朝著舉劍的史黛菈直奔而去。

她不打算從遠距離進行魔法戰。

她身為〈魔人〉早已領悟了一切。

這場戰鬥或許會走向命運的外緣，前往沒有路標的未知領域。

（隨便**模仿**對方施放遠距離砲火，馬上就會敗在對方手下。）

這場戰鬥將會超越戰術、實力，挑戰彼此靈魂的強弱。

端看兩人堅信自我價值，為信念殉道的決心孰強孰弱。

所有掩飾、計謀在這場戰鬥中全都無效。

她只能相信自己的驕傲，唯有握緊中國四千年尊嚴的這雙〈饕鬼〉值得信賴!!

既然如此，她選擇——

（正面進攻！）

她不能逃避對手的決心，絕不能蒙混過關。

她十分清楚，自己要是在這裡迴避挑戰，就永遠無法擊碎對手的信念。

唯有抱持自身信念擊敗對手！她抱持無可動搖的自信，直線向前邁開步伐。

前往史黛菈的、那把長劍的領域。

「————！」

於是，小莉踏入刀劍距離的瞬間。

〈妃龍罪劍〉揮劍落下。

劍與拳，無論如何都會讓史黛菈奪走先機。

小莉若要以雙拳攻擊史黛菈，必須先抵擋住一擊。

但小莉認為這麼做無妨。

小莉沒有輕視史黛菈。眼前的烈焰之劍乍看之下只受到引力牽引，毫無力量，

但是她知道這一擊的重量絕對無法比擬。

她理解這一點，然而中國四千年的歷史就在身後支撐著自己。

這份榮耀（Backbone），舉世無雙。

（我就以〈泰山〉接下這一劍！）

「哼！」

小莉抵達史黛菈的最佳距離內，扣緊大地。

她以〈麒麟功〉強化數十倍的巨龍力量，穩穩抓握整座愛德貝格的重量。

她穩固下盤，光熱閃耀的左手揮向即將落下的〈燃天焚地龍王炎〉。

——她接住了。

左手的〈蠻鬼〉接下史黛菈的〈妃龍罪劍〉。

下一秒，紅蓮與蒼焰彼此衝突，登時炸飛周遭氣流——

「～～～～～～～～～～～～～～～————！！！！」

前所未有的重量壓上小莉全身。

超重量的一擊彼此衝撞，衝擊彈飛四周空氣，掘起地面的積雪。

這一擊再次輕易地擊碎小莉的手臂。

傷勢蔓延至肩膀，波及全身。

壓垮肩膀。

擠毀五臟六腑。

全身肌肉抵抗壓力，瞬間超過張力極限，應聲斷裂。

甚至連支撐小莉的岩床都產生龜裂——

「呃————啊啊啊啊啊啊啊啊啊啊啊啊啊啊啊！！！！」

即便如此，〈泰山〉仍未動搖。

小莉的背脊並未彎曲。

她承受住了。

她接下史黛菈的決心、靈魂的重量，以及所有的一切。

雙方產生拉鋸，而就在這剎那——某處忽然傳出尖銳的破碎聲響。

聲音來自力量抗衡的中心點。

〈紅蓮皇女〉的靈裝——〈妃龍罪劍〉劍身產生了裂縫。

劍身一旦出現裂縫，便逐漸蔓延開來，無法停歇。

〈蠻鬼〉接下的〈妃龍罪劍〉上出現無數裂痕。

逐漸粉碎。

史黛菈．法米利昂的靈魂象徵逐漸碎裂。

這也難免。

她一而再再而三受挫，累積無數傷害。

而她強忍痛楚，擠出最後的一劍也被對手接住。

眼前的現實終於擊潰史黛菈寧死不屈的心靈。

（贏了……!!）

小莉見到逐漸碎裂的〈妃龍罪劍〉，確信自己的勝利即將到來。

接下來只需要以左手擊退巨劍，進到拳腳的距離後進攻即可。

——攻擊正是寄宿巨龍之力的右崩拳。

她只要一進攻，就能贏得這場比試！

小莉堅信著，並嘗試推動〈妃龍罪劍〉——

（欸？）

一動也不動。

她卯足全力，打算以左手擊碎〈妃龍罪劍〉。

但是怎麼也推不動。

好重——迎面而來的壓力並未消失，也沒有減退。

為什麼？小莉一臉震驚望向〈妃龍罪劍〉——

（……！）

她啞然失色。

〈妃龍罪劍〉滿是裂痕。

這把劍逐漸碎裂，註定化為塵霧飄散。

但是劍身龜裂內側隱約洩漏一絲金色光輝，撕裂黑夜。

〈妃龍罪劍〉越接近毀壞一步，光芒便逐漸增強，最後化為無法直視的強光，逐漸吞噬小莉釋放的蒼藍焰光。

小莉見狀，頓時明白。

劍並沒有損壞。她的戰鬥根本還沒結束。

© Wor

巨劍的模樣宛如……沒錯，就如同——

孵化（蛻化）——

「妳剛才說過……妳就跟山峰同等重量。」

「————!?」

「那我就**把妳跟整座山一起劈開**————!!」

下一秒，〈妃龍罪劍〉劍身內側噴發出強光，劍身隨之爆裂！

光之烈焰爆發竄出，燒盡了聲音、黑暗、絕望——一切的一切。

壓倒性的高熱瞬間炸飛〈饕餮〉福小莉的意識——

同時將世界最高峰〈劍峰〉愛德貝格——一刀兩斷。

◆◇◆◇◆

「這……………呃……」

〈妃龍罪劍〉內側傾瀉而出的金黃色。

金光化為利劍，將小莉連同山峰一同劈開。其驚人的破壞力讓在場觀戰的所有人啞口無言。

現場陷入漫長的沉默。

漆黑斬痕深深刻印在地面，從第五營地延伸至愛德貝格底部。

小莉落入那深不見底的深淵，當然──無力反擊。

不久後，史黛菈確定自己獲勝，便以行動高呼自己的勝利。

她高舉**強光之中出現的巨劍**。

「那把劍、是……」

她舉起的長劍近似於〈妃龍罪劍〉，但外型卻截然不同。

雙面劍刃閃耀如烙鐵般的金黃色；

劍身超過史黛菈的身高，中央如同人類手臂般厚實、強韌。

整把劍大得幾乎能一劍砍下象頭，各個角落卻雕上精美、華麗的裝飾，勇猛又不失優雅。

「……〈妃龍罪劍〉改變外型了嗎？」

多多良低喃著。阿斯卡里德點頭同意：

「靈裝象徵伐刀者的靈魂。當靈魂有所改變，其外型也會隨之一變……她不願放棄『自我』，堅決超越自己的極限。而靈魂回應她的心願，進化為更強大的外型，來承接這份過於強烈的信念……」

於是靈魂呈現主人真正的模樣，變得更龐大、更強韌、更美麗。不過──

「啊！」

史黛菈高舉誇耀的靈魂忽然瓦解成沙粒。
接著史黛菈的身體一陣搖晃。
她消耗過度，已經無力支撐自己的重量。
眼看她就要摔進自己劈開的斷崖中。
多多良等人心想不妙，正想衝上前——但是沒這個必要了。
黑鐵一輝似乎在她舉劍高呼勝利的同時飛奔出去。他搶在所有人之前趕到她身旁，一把抱住她搖搖欲墜的身軀。
「——……一……輝……………？」
「辛苦妳了，史黛菈。」
最愛的伴侶擁抱住了她，柔聲慰勞。史黛菈虛弱地回以微笑……
「……………謝謝、你……唔嗚!?好痛、好痛痛痛痛！」
接著慘叫出聲。
一輝的力道太大，殘破不堪的身體頓時痛不欲生。
「等、等一下，我全身都是傷、稍微、小力、一點……！」
「不要。」一輝一口否決史黛菈的請求，再次加重施力。
「為、為為為什麼不要!?」
「我才不管。才這點痛，哪能跟我的忍耐相提並論。」
「……！」

史黛菈聞言，這才發覺。

一輝隱隱發著抖。

他們的交情之深，她用不著問也知道一輝是害怕失去自己，才會全身顫抖。

「你這麼、擔心我啊？」

「當然。」

「可是你還是相信我會撐過去……」

「……這也是當然的。」

「嗯……謝謝你……………啊……」

她抬頭望著一輝的臉，他的輪廓外隱隱顯露著光線。

史黛菈追著光線看去。

她的視線前方，地平線遙遠的另一端開始升起第六天的朝陽。

她度過最後的夜晚。

同時像是呼應日出，恭賀的掌聲敲響史黛菈的耳膜。

與她訂下約定的對象——〈比翼〉愛德懷斯正為她送上掌聲。

「太出色了，史黛菈。」

「愛德懷斯……」

史黛菈離開一輝的懷抱，撐著一輝的肩膀站在愛德懷斯面前。

接著，她說：

「……我遵守約定了。」

愛德懷斯也點頭承認：

「是呀，我看見了。〈饕餮〉福小莉在〈神龍寺〉漫長的歷史之中，也被視為少有的天才。我真沒想到……妳居然能擊退她……說實話，我十分驚訝。看來我也和〈饕餮〉一樣，誤判了〈紅蓮皇女〉的恐怖實力呢。」

緊接著──

「現在的妳的確值得交手。」

愛德懷斯說道，瞇細的雙眼中閃爍著如同白刃的殺氣。

「──────」

「妳已經是遍體鱗傷，但我們都不是運動員（Athlete），不需要在意時間或場合。更何況，一開始是妳提出這場勝負……妳應該不會逃避這場比試吧？」

愛德懷斯見史黛菈繃起神經，出言挑釁。

她質問史黛菈。事到如今，史黛菈會不會以狀況不佳為藉口逃之夭夭？

史黛菈聞言，態度像是變了個人，露出十分平靜的表情，答道：

「不，我要夾著尾巴逃走了。」

「……為什麼？」

「我在與小莉的戰鬥中想起來了。『我必須變強，以便維護法米利昂這樣的小國主權』、『賭上性命也要保護國民』……這些理由全都只是在耍帥而已。我拿起劍的理由才沒有這麼偉大。我的動力其實超級低俗的，只是頑固而已。我想讓孕育我的那個國家、那些人們看看我變強的樣子。然後，希望他們能以我為榮。就像我打從心底為法米利昂的大家感到驕傲，只是這樣而已。」

那麼，她不能死。

她不能勉強自己，拖著這副身體跟世界最強的劍士交手。

不能讓家人們白髮人送黑髮人，太不孝了。

「我現在最該做的一件事，就是盡快回到法米利昂，吃飽睡飽，趕快療好傷、恢復疲勞——然後全力痛揍那群騷擾我家人的混蛋。我已經想起自己最重要的事物，我那點自尊心根本算不了什麼，所以我要逃走了。」

「……真慶幸妳察覺了這件事。」

愛德懷斯聽完史黛菈的答覆，真心露出喜悅的笑容，收起〈聖約之儀〉。

「賭命守護重要的人們。

聽起來的確很帥氣……但必死的決心頂多與對手兩敗俱傷。

沒有辦法開闢自己的未來。

只有希望能擺脫命運的引力，開拓前人未見的未來。

希望未來成為這種人、希望未來變成那個模樣。像這樣緊抓住『自我』的人都非常地強大。

命運在這份強大面前，不過是一層薄紙，根本稱不上阻礙。

人只要不放棄，一定能心想事成。

畢竟——人沒有翅膀，照樣能飛到月球上去呢。」

「咦？」

一輝站在史黛菈身旁，聽了愛德懷斯這番話，忽然一驚。

愛德懷斯感受到一輝的視線，像是惡作劇得逞，淘氣地笑了笑，將食指豎在唇邊。

「妳說想盡快回去，但妳這副模樣要下山想必也很辛苦。我會在家裡準備餐點，妳就用了餐再回去吧。」

「真的嗎!?」

史黛菈聽見愛德懷斯的提案，神情一亮。

她這幾天沒吃過像樣的食物，現在才剛跨越生死關頭，肚子實在餓得受不了。

史黛菈隨即感謝她的邀請——

「謝謝妳，愛德懷——啊噗!?!?」

但她的謝意卻被堵在口中。

一顆雪球飛進她張開的嘴裡。

「這麼餓不如去吃雪充飢啊，肥豬。」

「多多良！妳突然間做什麼啊！」

史黛菈喀沙喀沙地咬碎嘴裡的雪球，大聲抗議。多多良則是不知何時準備了滿懷的雪球，一邊扔向史黛菈一邊怒吼：

「吵死了！氣死我啦！我憑什麼要為妳這種蠢蛋緊張到胃痛！妳直接給我去死吧!!」

「嗄、嗄啊啊!?干我什麼事，妳惱羞成怒個什、好痛——!?等、石頭！妳剛才在裡面塞了石頭對不對！我不忍了……！妳想玩我就奉陪到底！」

「〈完全反射〉。」

「妳作弊————!!!」

怒意似乎彈飛史黛菈所有的疲勞，她開始跟多多良打起雪仗。

一輝見狀，這才輕撫胸口，放下心中的大石。

雖說讓人捏了一把冷汗……但看來愛德貝格這一趟是來對了。

親愛的戀人在卡爾迪亞市曾經哀泣士兵的死，而她現在已經沒了當時的危險念頭。

她不再意圖為了珍愛的人們送死。

她會為了與珍愛的人們一同生存而戰。

因為她已經回想起自己真正渴求的未來。

於是，為期六天的修行在此告一段落。

〈饕餮〉福小莉一戰過後。

史黛菈等人吃完早餐，並未久留，直接回到他們的戰場。

愛德懷斯送走一行人後，曾經前去尋找〈饕餮〉。不過在史黛菈一劍劈開的深谷中卻找不著〈饕餮〉的身影。

她當時以〈五兵大主〉複製了史黛菈的巨龍之力。

或許是巨龍之力的炎熱保護了她，治療她的傷勢。

愛德懷斯前去山腳下詢問她的行蹤，村人卻告訴她〈饕餮〉回去了。

就〈饕餮〉所言，她在挑戰顛峰的戰鬥中落敗，所以她覺得自己沒資格留在這裡。

……再想想史黛菈、一輝，現在年輕一輩真是堅強到令人咂舌。

不過──

「……突然安靜下來，還是感覺有些寂寞呢。」

幾個小時前，愛德懷斯才和史黛菈一行人一起在這張餐桌吃過早餐。她現在在桌上準備了一人份的下午茶，微笑中混雜著嘆息。

她原本打算在家中悠哉地享受休假，突然跑來一群麻煩的訪客。

一開始她只對那群人抱著這種想法。但是現在回想起來，她在這六天就近觀望新時代的成長，這些日子其實出乎意料的愉快，竟讓她感到寂寞了。

……前所未有的考驗重重壓在他們身上。

假如在這座山裡的經驗能幫助他們貫徹自己的騎士道，愛德懷斯自然是十分欣喜。

所以愛德懷斯衷心地這麼心想：

「我很慶幸能在**最後的休假**裡遇見他們。」

——〈傀儡王〉破壞了這個世界的齒輪。

世界現在正隱隱傾斜，雖說還有些許餘裕，但距離崩潰已經不遠。

這陣崩潰現在還僅止於檯面下，但過不了多久，世界將會以所有人都明瞭的形式開始運轉。

月影曾經告訴她那場惡夢。那一天或許就是那場惡夢的開始也說不定。

愛德懷斯當然不會坐視不管。

師父在傳授她劍術的同時，也教導她擁有力量之人的責任。

……假期已經結束。

愛德懷斯緩緩喝完冒著熱氣的紅茶，站起身。

接著她看向架子上的兩副相框，伸手將倒下的那一個相框立起。相框中映照著年幼的自己，身旁則是一名東洋人的老人，臉上還蓄著整齊的鬍子。她朝著老人彎身行禮。

「師父——我出發了。」

◆◇◆◇◆

此時，史黛菈一行人的飛機抵達法米利昂皇都——弗雷雅維格。

有兩個人前來迎接四人下機。

一人身穿比夕陽更加豔紅的和服——那是〈夜叉姬〉西京寧音，以及史黛菈的姊姊——露娜艾絲·法米利昂。

寧音主動走向正在走路的四人。

她微微瞇細雙眼，以視線威嚇走在四人前方的史黛菈。

——命令她「停下來」。

寧音想像自己在前方十公尺處立起一道隱形的牆壁。

並且發出威脅對方，不許跨過這道界線。

她以自己的命運引力操作彼此交織的因果。

史黛菈以前打算挑戰〈沙漠死神〉納西姆・薩利姆的時候，她正是以這道力量喝止史黛菈。

假如史黛菈還保持出發前的狀況，她一定沒辦法抵抗這股威嚇。

她會被寧音的意念壓制住，傻傻地站在那一處界線前方。

不過──

「────」

史黛菈像是拉開簾幕似的，維持原本的步調穿過界線，來到寧音面前。

「寧音老師，我回來了。」

「看來這趟愛德貝格之旅沒有白費嘛，很好很好。」

寧音從史黛菈的表情中感覺到成果，滿足地點點頭。

接著她一一看過在場的代表選手，開口宣布：

「你們跑去愛德貝格的期間，對方發來正式的代表通知啦。

奎多蘭的選手名單如下：

〈黃金風暴〉約翰・克利斯多夫・馮・柯布蘭德。

〈傀儡王〉歐爾・格爾。

〈沙漠死神〉納西姆・薩利姆。

〈惡之華〉艾茵．阿伯倫特。

以及〈B．B〉，總計五人。

戰爭會場在奎多蘭首都——路榭爾全境。

戰爭形式為雙方陣營同時進行混戰，預計明天日落同一時間開戰。有任何問題嗎？」

「不、沒問題。」

「記得把〈惡之華〉讓給我殺啊。」

「……我會在這裡親手阻止弟弟的暴行，不會讓他再傷害任何人。」

「我也沒問題喔。我絕對會讓他們吃不完兜著走！」

「答得好，那我們也把名單傳給對方吧——雖說妾身之前放過話，說自己一個人也能打贏他們，但看看對手的名單，感覺還是很累人啊。史黛菈跟那邊的黑鐵小弟，看起來實力都在那邊養得不錯了嘛，妾身很期待你們的表現喔～」

寧音說完後，露娜艾絲接棒似的走上前。

她對史黛菈提起一件事。

她的表情感覺疲憊不堪。

「史黛菈，雖然妳才剛回來……能不能拜託妳幫個忙？」

「發生什麼事了？」

露娜艾絲點了點頭。

「其實事情變得有點麻煩……」

◆◇◆◇◆

露娜艾絲口中的「麻煩」究竟是什麼？

一行人跟著她來到皇都弗雷雅維格的中央公園，立刻明白她的意思。

因為——

『喂、這木架歪了！誰啊，蓋得這麼隨便！』

『有人有空嗎——？幫我拿一下那邊的鋸子——！』

『拿去吧，嘿！』

『危險啊——!?不要用丟的！你想殺了我啊！』

『我說，日本的章魚燒這樣算完成了嗎？好多章魚腳凸出麵糊外面，看起來簡直快孵出異形似的。』

『反正已經放了章魚在裡面烤，應該沒問題吧？』

『我看看？唔哇嚇死人！史黛菈她難不成是跑去魔界留學嗎!?』

「「嗄………？」」

法米利昂的國民原本應該在戰爭開始前到國外避難，現在卻密密麻麻地擠在公園內。

而且他們不只是聚集在公園裡。
公園中心蓋起巨大的木架。
木台四周則是擺放各式各樣的料理。
剛回國的一行人見到這幅光景，不禁瞪大雙眼。
「露娜艾絲小姐，不是要讓所有國民在戰爭準備期間逃到國外去嗎？」
「他們哪有逃走，人反而變多啦。」
「……要辦慶典？」
賭上國家存亡的戰爭近在眼前，這狀況未免太莫名其妙。一輝等人滿臉疑惑，不知道究竟發生什麼事。
只有史黛菈隱約記得眼前的準備工作。
「露娜姊，這該不會是……在準備辦國葬吧？」
露娜艾絲點點頭。
沒錯，在巨大的木架裡點燃篝火，並在火光之下通宵狂歡。
這就是法米利昂的國葬，這個儀式自獨立戰爭開始一直延續至今。
他們現在就是在做國葬的準備。
明明皇宮下達諭令，命令國民前往國外避難，所有人卻充耳不聞。
眼前的狀況實在讓露娜艾絲頭痛不已。
「我跟母后已經勸他們好幾次了，他們說不聽就是不聽。甚至連父王都……」

『喔喔，進展不錯呀——！辛苦啦！拿去，慰勞用的。這些是孤從皇宮的酒窖摸出來的好酒，很不錯哪！』

『YEAH！不愧是我們的國王！真貼心啊！』

『天哪！居然還有朗立可151（註2）！太嗨啦！』

『乾脆別等明天，現在就開喝吧!?』

『好啊！那孤去叫媽媽來，等孤來再開始——啊、不過要跟露娜保密呀。她又只會罵孤一個人。』

『露娜剛剛開始就一直盯著這邊喔，她的眼神簡直像是在看路邊的狗屎啊。』

『噗啊!?』

席琉斯直到對方提起才發現一行人。他眼神游移，舉止可疑，似乎在思考如何混過這個場面。接著他滿頭冷汗，露出獻媚的笑容衝向一行人面前。

「啊、史黛菈平安回來啦！太好了、太好了！哎呀真是的，這些傢伙根本不管諭令上的避難通告，說是要為在卡爾迪亞戰死的士兵們舉行國葬。根本是徹頭徹尾的無政府主義者，孤也一個頭兩個大呀。露娜，妳說是吧？」

「這麼想喝酒？我等等就幫你把酒從耳洞灌進腦袋裡，給我洗好耳朵等著。」

「咿咿……」

註2　朗立可151：為蘭姆酒品牌，酒精濃度高達七五・五%。

露娜艾絲的雙眼怒火中燒，席琉斯嚇得發出悲鳴。

不過此時——

「啊哈哈！露娜，別板著臉，多可怕呀。」

一名正在準備料理的中年婦人對露娜艾絲開懷大笑，緩緩走了過來。

這名婦人在一輝初到法米利昂時，曾以帶他參觀城鎮為藉口設下圈套，進而引發一連串的騷動。

「亞娜阿姨……這叫我怎麼不生氣啊？」

「哈哈，我們也覺得很不好意思呀。可是法米利昂也是我們的家，不能只把保護家裡的重責大任推給皇室成員，這麼做太不負責任了。再說……我們家親愛的女兒可是說要賭命戰鬥呀。要是只有我們溜到安全的地方避難，我們怎麼敢厚著臉皮回來呢？」

「我不是說過很多次了。戰爭只會由代表選手進行代表戰，你們待在這裡也沒意義呀。就不、就算兩國真的展開全面戰爭，各位既不是伐刀者也不是軍人，留在這裡根本無濟於事啊。」

亞娜點了點頭，認同露娜艾絲的說法。

「是呀，我們的確當不了什麼戰力，頂多能幫你們加油。

可是我們還是想盡力去做我們唯一能做的事。

只有我們待在安全的地方，從戰火燒不到的另一個天空下對你們說『加油』，感覺不是很事不關己嗎？我們不想這麼做。

家人就是要同甘共苦。

所以我們不會逃。

我們要在這裡、在這個家裡，相信法米利昂會獲得勝利。

在這裡等著史黛菈他們回來。

——這就是我們的戰爭呀。」

「亞娜說得沒錯，露娜太寶貝我們啦。」

「露娜認為皇室成員應該要保護我們。我們當然很開心，但我們也有身為國民的骨氣呀。」

「只有這件事，我們絕對不會讓步啦！」

「…………」

他們的戰爭就是與皇室成員共度難關，相信我方的勝利。

亞娜這麼說著，堅決不讓步。其他國民也紛紛出聲贊同。

最近幾天，這段對話已經不知道重複了多少次。

露娜艾絲無奈地嘆口氣，對史黛菈說道：

「我就是為了這個才叫妳來。史黛菈，妳也幫忙勸勸他們吧。」

這些國民其實也很疼愛自己，但孩子越傻越討人喜愛，這一點在法米利昂也是一樣。妹妹遺傳到父親的直率，老是鬧出各種笑話，相對起來她比露娜更親近國民。

所以露娜艾絲覺得史黛菈開口或許勸得動他們。

不過——

「啊哈、啊哈哈！」

史黛菈見狀，沒有無奈、沒有怒火，而是大笑出聲。

「原來啊……也是啦，當然會變成這個樣子。就是因為大家總是這個態度……我才會喜歡上大家。」

「史黛菈……？」

露娜艾絲一臉疑惑，不懂妹妹究竟想說什麼。

接著史黛菈對姊姊說道。

她的表情意外地沉穩。

「露娜姊，放棄吧。反正他們說什麼都不會聽的。」

「妳、妳在胡說什麼呀!?」

「因為他們本來就是這個樣子嘛。」

「什……」

露娜艾絲聽見妹妹的發言，一時語塞。父親席琉斯前陣子也說出同樣的話。

但是露娜艾絲立刻甩了甩頭，讓愣住停止的思考恢復正常。

「別說傻話！這不是單純的戰爭。奎多蘭已經不是正常國家，那群傢伙比恐怖分子還卑劣，只是為了拿殘忍的事取樂。假如法米利昂戰敗，眾多國民還繼續留在國內，他們不知道會遭遇什麼樣的危險……妳應該很清楚啊！」

歐爾・格爾的目的不是國家也非金錢，他只是為了娛樂才掀起爭端。

那群人根本無意維持一個國家。

他們只是想奪走、破壞這個國家。

人民一旦落入這群惡徒手中，下場之悽慘可想而知。

皇室成員有責任承擔這個國家，只有他們承受這個風險就夠了。所以——

「我是為了保護國民，所以才……」

她為了不讓那群人得逞，**才做了那場交易**——

露娜艾絲有口難言。然而——

「露娜姊。」

史黛菈呼喚露娜艾絲，接著「啪！」的一聲，雙手輕輕捧住她的雙頰。

雙頰傳來的麻痺令她一驚。然後，史黛菈堅決地對姊姊說道：

「沒問題，我們不會輸！」

她的笑容爽朗明亮。

「————」

露娜艾絲想反駁，問她有什麼把握這麼說。但她問不出口。

果斷的語氣，以及凝視著自己的鮮紅雙眸。

其中蘊含著堅定不移的肯定。

史黛菈前往愛德貝格之前，身上並沒有這種氣息。敵人的強大震懾了她，她只能為眼前的悲劇慌亂不已。現在的她多了當時沒有的可靠。

露娜艾絲見到妹妹的表情，不禁屏息。

史黛菈雙手仍然捧著露娜艾絲的雙頰，彷彿在教訓她——

「我說，露娜姊。我不知道露娜姊究竟跟那個惡魔做了什麼交易，付出什麼代價來換取時間，好讓大家避難。但是我知道，露娜姊一定交出了自己非常珍貴的事物。那枚惡魔的金幣，一定是珍貴到能讓那個惡魔願意讓步。即使法米利昂滅亡，仍然能守護國民的性命。可是呀——妳根本不需要支付那種東西。我一定會打倒那些混蛋。我絕對不會再讓任何一個人死去！」

「！」

「所以露娜姊也別放棄自己珍貴的事物。就像我決不放棄〈紅蓮皇女〉的名號。就像大家不願捨棄法米利昂國民的身分。妳絕對不要因為那種混蛋，捨棄任何一樣東西！」

周遭的國民聽見史黛菈這番話，大聲贊同。

——但是她的論調只是在以情感為重。

不犧牲任何事物，完美獲勝。這當然是理想。

但是世界上不一定都是正義獲勝。

現實的暴力總是會擊潰理想。

等到對方擊潰，事情已經無法挽救。

身為治理國家、統帥國民的領導者，絕不能因為情感衝動行事。

他們這些皇室成員承擔著人民的性命。

所以露娜艾絲張開雙脣，準備以「道理」說服不懂事的史黛菈與國民——

「——啊……」

然而她開口吐出的並不是「道理」，而是抽搐般的呻吟。

她是法米利昂皇國第一皇女，下一任王位繼承人。

露娜艾絲兒時就已經充分了解自己的立場，以及隨之而來的責任，她始終以「道理」規範自己，希望達成自己的職責。

現任國王席琉斯擁有「武力」與領袖魅力，卻總是訴諸情感。

她的母親阿斯特蕾亞雖然明「事理」，最後仍然會贊同丈夫。

所以她認為自己應該彌補這塊缺陷。

她一直以來，都是以名為「理智」的水泥牆扼殺自己的情感。

緊緊關住**露娜艾絲**帶有人性的一切。

就連現在這一瞬間也是如此。

但是——露娜艾絲不小心感受到了。

妹妹輕輕拍著自己的雙頰，肯定地說著「沒問題」。

她的妹妹一直以來雖然實力過人，卻總是少根筋。她卻在現在的妹妹身上感受到——

——〈紅蓮皇女〉史黛菈・法米利昂或許真能達成那份理想。

她或許真能讓自己的所有擔憂化為空想。

露娜艾絲感受到這份強烈的預感。

這瞬間，緊緊壓制理智的堤防產生龜裂。

這條裂縫十分微小，只能說是一時的迷惘。

緊接著——

「拜託妳……救救、約翰………」

露娜艾絲的雙唇隱隱開啟，溢出了這句話。

就如同她不慎流下的淚珠。

她身為法米利昂第一皇女，必須以下任王位繼承人的身分處事。

這份責任感苦苦壓抑的，那份屬於**露娜艾絲**的情感。

——約翰，你放心！要是你到時候一個人撐不過來，我一定會幫你一把！

兒時與深愛的青梅竹馬立下的重要約定，她絕對不想失去這份約定。

……她像是中了邪似的，說出了這句話。

史黛菈展現的可靠讓她脫口說出不該說的話。

露娜艾絲以「道理」構築了現在的自己，這丟臉的舉動令她悔恨不已。

她立刻揮開史黛菈的手，開口打算訂正剛才的發言。不過——

「前來侍奉吾身！〈妃龍罪劍〉————!!!」

「——!?」

史黛菈大喝一聲，幻化出自己的靈魂，制止露娜艾絲的欺瞞。

她的右手舉起脫胎換骨的靈魂之劍，揮劍一斬。

火焰點燃公園中央高高架起的木頭。

只有在法米利昂的國葬中，才會為死者點燃這道光明。

這篝火是為了將感謝傳達至遙遠的天空。多虧犧牲的這些人們，他們才可以像現在一樣開心地歡笑。史黛菈點燃篝火，說道：

「交給我吧！法米利昂的大家、露娜姊、我自己……還有約翰哥他們，我一定會親手保護所有人！所以請大家為我加油！只要你們願意相信我——〈紅蓮皇女〉就是天下無敵！」

她大聲道出自己的請求。對象不只是向露娜艾絲與在場的國民，更是為了傳達給她最心愛的、已經遠去彼岸的家人。

希望他們看著自己。

希望他們對自己抱以期待。

她一定會——回應所有人的期許。

史黛菈堅定不移的決心——

以及一肩扛起所有期待的自信——

（啊啊、原來如此……）

露娜艾絲明白了。

現在就在這一刻，真正引領法米利昂走向未來的女王就此誕生。

自己引以為傲的妹妹已經成長茁壯了。

那麼……自己也試著相信她吧。

相信她和無力的自己不同，會引導法米利昂走向理想的未來。

〈紅蓮皇女〉一定能帶領他們前往那個地方。

她就留在這裡，與大家一起靜待消息。

因為這就是無力的自己唯一能做的奮鬥——

後記

非常感謝各位購買、閱讀落第騎士第十二集。

我是作者海空陸，最近迷上了《動物朋友》。

藪喵很可愛喔。我現在正好看到第十集，完全猜不出之後的發展呢。之後會不會解釋她那滴眼淚的意義呢？我實在是在意得不得了啊！

這本書發售的時候，《動物朋友》的動畫也應該結束了。真希望最後會是大團圓結局呀。

說到動物，我家又來了另一隻十歲的老貓。

之前來的貓實在非常有貓樣，完全不會對人撒嬌。新來的貓咪反而跟狗一樣，非常親人。

應該說非常黏人才對。

感覺一不小心就會踩到貓。

這隻貓看來很喜歡讓人類疼愛。（不過似乎對玩具沒興趣。）

貓咪真的跟人類一樣，個性形形色色呀。

近況報告先到這邊告一段落。我想在這裡向一直以來關照我的各位致上謝意。

ＷＯＮ老師，謝謝您總是提供美妙的插畫。

ＧＡ編輯部的各位，謝謝你們陪我琢磨字句直到最後一刻。

空路老師，感謝您以漫畫版支撐這部作品。

最後是各位讀者，多虧你們的熱情，落第騎士才能經歷風風雨雨走到第十二集。真的非常感謝各位。

法米利昂從上一集開始就麻煩不斷，三大勢力之一的〈解放軍〉又瓦解了，法米利昂國外也大勢不妙了呀。

我會盡量找機會補充這段劇情，同時盡力描寫至今登場的各個角色，希望各位讀者能靜靜期待這些發展喔。

那麼，我們就在第十三集再見了！

落第騎士英雄譚

落第騎士英雄譚

浮文字

落第騎士英雄譚 12

（原名：落第騎士の英雄譚12）

著　者／海空陸　封面插畫／WON　譯　者／堤風
發行人／黃鎮隆　副總經理／陳君平　文字校對／施亞蒨
總編輯／洪琇菁　國際版權／黃令歡
執行編輯／曾鈺淳　美術編輯／李政儀
企劃宣傳／邱小祐　內文排版／謝青秀
出版／城邦文化事業股份有限公司　尖端出版
台北市中山區民生東路二段一四一號十樓
電話：（〇二）二五〇〇七六〇〇
傳真：（〇二）二五〇〇二六八三
E-mail：7novels@mail2.spp.com.tw
發行／英屬蓋曼群島商家庭傳媒股份有限公司城邦分公司　尖端出版
台北市中山區民生東路二段一四一號十樓
電話：（〇二）二五〇〇—七六〇〇（代表號）
傳真：（〇二）二五〇〇—一九七九
北部經銷／祥友圖書有限公司
電話：（〇二）八五一二—三八五一
傳真：（〇二）八五一二—四二五五
中部經銷／高見文化行銷股份有限公司
電話：〇八〇〇—〇五五—三六五
傳真：（〇二）二六六八—六二二二
雲嘉經銷／智豐圖書股份有限公司　嘉義公司
電話：（〇五）二三三—三八五二
傳真：（〇五）二三三—三八六三
南部經銷／智豐圖書股份有限公司　高雄公司
電話：（〇七）三七三—〇〇七九
傳真：（〇七）三七三—〇〇八七
一代匯集／香港九龍旺角塘尾道六十四號龍駒企業大廈十樓B&D室
電話：（八五二）二七八三—八一〇二
傳真：（八五二）二七八二—一五二九
法律顧問／元禾法律事務所
台北市羅斯福路三段三十七號十五樓
二〇一七年十二月一版一刷

■中文版■

郵購注意事項：
1.填妥劃撥單資料：帳號：50003021戶名：英屬蓋曼群島商家庭傳媒(股)公司城邦分公司。2.通信欄內註明訂購書名與冊數。3.劃撥金額低於500元，請加附掛號郵資50元。如劃撥日起 10～14日，仍未收到書時，請洽劃撥組。劃撥專線TEL：(03)312-4212 ・ FAX：(03)322-4621。E-mail：marketing@spp.com.tw

國家圖書館出版品預行編目資料

落第騎士英雄譚 12 / 海空陸 著 ; 堤風譯.
--1版.--臺北市：尖端出版，2017.12
面 ; 公分.--(浮文字)
譯自:落第騎士の英雄譚
ISBN 978-957-10-5552-7(第1冊：平裝)
ISBN 978-957-10-5650-0(第2冊：平裝)
ISBN 978-957-10-5806-1(第3冊：平裝)
ISBN 978-957-10-5839-9(第4冊：平裝)
ISBN 978-957-10-5968-6(第5冊：平裝)
ISBN 978-957-10-6044-6(第6冊：平裝)
ISBN 978-957-10-6211-2(第0冊：平裝)
ISBN 978-957-10-6338-6(第7冊：平裝)
ISBN 978-957-10-6500-7(第8冊：平裝)
ISBN 978-957-10-6694-3(第9冊：平裝)
ISBN 978-957-10-7144-2(第10冊：平裝)
ISBN 978-957-10-7523-5(第11冊：平裝)
ISBN 978-957-10-7824-3(第12冊：平裝)

861.57 103003318